Selma Lagerlöf
Von Trollen und Menschen

Selma Lagerlöf

Von Trollen und Menschen

Erzählungen

Aus dem Schwedischen
von Marie Franzos

Anaconda

Titel der schwedischen Originalausgabe: *Troll och människor*
(Stockholm: Bonnier 1915/21). Die Übertragung von Marie
Franzos erschien zuerst 1915 unter dem Titel *Trolle und Menschen*
bei Albert Langen in München. Der Text der vorliegenden
Ausgabe folgt der Auflage München 1923 (»8. bis 10. Tausend«)
und wurde unter Wahrung von Lautstand und Interpunktion
sowie sprachlich-stilistischer Eigenheiten den Regeln der neuen
deutschen Rechtschreibung angepasst.

Penguin Random House Verlagsgruppe FSC® N001967

Die Deutsche Nationalbibliothek verzeichnet diese Publikation
in der Deutschen Nationalbibliografie; detaillierte bibliografische
Daten sind im Internet unter http://dnb.d-nb.de abrufbar.

Umschlagmotiv: Creative Market / Sunny_Lion
Umschlaggestaltung: Druckfrei. Dagmar Herrmann, Bad Honnef
Satz und Layout: Andreas Paqué, www.paque.de
Druck und Bindung: CPI books GmbH, Leck
ISBN 978-3-7306-0866-1
www.anacondaverlag.de

Inhalt

Eine Geschichte aus Halland

Vor ungefähr hundert Jahren gab es im südlichen Halland einen alten Bauernhof, der an einer einsamen Stelle nahe der Küste lag. Er bestand aus kleinen, altertümlichen Häuschen mit grauschwarzen Strohdächern, und das Wohnhaus selbst war so uralt, dass es noch Dachfenster hatte.

Dieser Hof hieß Bredane. Es gehörten große Grundstücke dazu; aber nur rings um das Haus konnten sie bestellt werden. Das übrige bestand aus unfruchtbaren Flugsandfeldern.

Alte Leute wussten zu erzählen, dass früher einmal rings um den einsamen Hof ein ganzes Dorf gestanden habe. Das sei zu der Zeit gewesen, als es in Halland noch viele Bäume gab, als gewaltige Eichen- und Buchenwälder von der Meeresküste bis hinauf zur Grenze von Småland wuchsen. Damals hatte das Dorf mit seinen Feldern wie in einer Lichtung gelegen, und die Bäume hatten rings herum gestanden und es beschützt. Aber dann war der Wald gefällt worden, und nicht nur der Wald, der rings um das Dorf stand, sondern alle Wälder in der ganzen Gegend, ja alle Wälder von ganz Halland.

Es heißt, dass die Bauern von Bredane sich zuerst darüber freuten, dass sie den Wald losgeworden waren – nun konnten sie ihre Felder viel weiter ausdehnen und ihre Herden auf offenen Wiesen weiden lassen, wo sie leicht zu hüten waren. Hier und da klagte zwar einer, dass nie ruhiges Wetter sei, seit die Bäume den Wind nicht mehr aufnahmen, und andere jammerten, weil sie bis nach Småland fahren mussten, um Holz zu holen. Aber eigentlich war niemand ernstlich unzufrieden. Niemand glaubte, es könnte eine Gefahr darin liegen, dass der Wald nun dahin war.

Aber das Dorf Bredane lag, wie gesagt, dicht am Meer, und die großen Felder erstreckten sich bis zum Wasser hinunter. Und nun sagt man, es habe sich einige Jahre, nachdem der Wald gefällt war, eines Herbstes begeben, dass der Sturm ein paar verwelkte Grashügelchen unten am Ufer aufriss. Unter diesen Grashügelchen lag feiner, leichter Meersand. Er bestand eigentlich nur aus Schalen von Muscheln und Schnecken, die die große Mühle des Meeres zu feinstem Mehl gemahlen hatte; und der wurde nun vom Wind empor gehoben und begann umherzuflattern. Seitdem war es, als könne der Wind den Strand nicht mehr in Ruhe lassen. Die Grashügelchen waren verdorrt, seit der Wald die Feuchtigkeit nicht mehr festhielt, und sie wurden vom Wind fortgewirbelt, eines nach dem andern. Auf diese Weise kam immer mehr Sand ans Tageslicht und trieb mit dem Sturm fort. Er wirbelte in die Luft, tanzte ein Weilchen und fiel dann in harten weißen Haufen nieder, ungefähr so wie treibender Schnee.

Als die Bauern von Bredane dieses Spiel zum ersten Mal sahen, dachten sie sich nichts Böses dabei. Aber im nächsten Frühling merkten sie, dass die Felder, die dem Meer zunächst lagen, versandet waren.

Es war nur eine dünne Sandschicht, und sie schien der Ernte nicht viel anhaben zu können. Aber der ganze Sommer war ungemein trocken und windig. Das Getreide konnte nicht wachsen, es verwelkte, es verkümmerte zu einem Nichts. Darunter lag die Erde trocken wie Zunder, und jeden Tag riss der Wind ganze Wolken heraus und trug sie fort. Aber unter dieser dünnen Erdschicht lag wieder der leichte Meersand, fein gemahlen wie Mehl und bereit, mit dem Wind zu tanzen. Als der Sommer zu Ende war, hatte der Sturm ganze große Felder, mit denen er sein Spiel treiben konnte. Oben im Dorf Bredane saßen die Bauern und mussten mit ansehen, wie er die Sandmassen emporhob, sie gen Himmel schleuderte, mit ihnen umhertanzte und sie in Haufen und Hügelchen zu Boden warf, die der nächste Tag wieder umformte.

Jahr um Jahr ließ der Wind immer mehr Felder versanden, und die Bauern hatten immer weniger Erde zu bestellen. Sie führten zwar einen Kampf gegen den Sand, sie errichteten Zäune und gruben Deiche, aber nichts schien zu helfen. Wenn sie pflügten und harkten, war es, als hülfen sie dem Wind nur, den Sand aufzuwirbeln. Und ließen sie die Erde in Frieden liegen, dann war sie bald so versandet, dass kein grünes Hälmchen mehr hervorsprießen konnte.

Nicht genug, dass der Flugsand die Felder zerstörte: Er richtete auch sonst allerlei Schaden an. Wenn man am Morgen die Hüttentür öffnete, lag er in Haufen vor der Schwelle, er peitschte einem ins Gesicht, wenn man ausging, er rieselte durch den Schornstein und mischte sich ins Essen – und auf Wegen und Stegen lag er so tief, dass alles Gehen und Fahren unendlich mühselig wurde.

Bald konnten es die Dorfbewohner nicht länger aushalten. Nach einigen Jahren rissen ein paar von ihnen ihre Häuser ein und bauten sie tiefer im Land wieder auf. Jeden Frühling zog jemand fort, und schließlich war vom ganzen Dorf nur noch ein einziger Hof übrig.

Nun glaubte man ja, dass auch dieser Hof nicht lange inmitten der Flugsandfelder stehen bleiben würde. Aber da täuschte man sich. Der Bauer, der ihn besaß, war von jenem Menschenschlag, der sich nicht vertreiben lässt. Nicht, weil er die Gegend so sehr liebte, dass er anderswo nicht hätte leben können, weigerte er sich, seinen Wohnort zu ändern – er konnte es nicht ertragen, dass er gezwungen werden sollte, gegen seinen Willen fortzuziehen. Lieber wollte er da bleiben, wo er war, und mit dem Sand kämpfen.

Und dann kam es so, dass sein Sohn und alle, die nach ihm den Hof besaßen, derselben Gesinnung waren. Sie wollten nichts davon hören, dass der Sand sie zwingen konnte, den Hof zu verlassen, solange sie noch einen Spaten heben konnten, um dagegen anzukämpfen. Und es war kein leichter Kampf, den sie zu führen hatten, vor allem deshalb, weil niemand sie lehrte, wie er geführt werden musste. Niemand sagte ihnen, wie sie den Sand binden sollten, damit er sich still verhalte. Sie begnügten sich damit, dichte Zäune um die Felder zu ziehen, die dem Wohnhaus zunächst lagen, um doch wenigstens diese zu bewahren.

Diese Menschen fragten nicht danach, dass sie um ihres Starrsinns willen in Not und Armut leben mussten. Sich nicht vertreiben zu lassen stellten sie über alles andere. Anstatt der großen Viehherden, die sie früher besessen hatten, hielten sie jetzt nur einige wenige Kühe und ein einziges Pferd. Doch solange sie die füttern konnten, waren sie immerhin imstande, da wohnen zu bleiben.

Was sie bestärkte, war wohl der Umstand, dass ein solcher Kampf ihnen Ansehen brachte. Den

Leuten gefiel es, dass sie sich nicht vertreiben ließen. Und wenn der Bauer aus Bredane sich in einer Volksversammlung zeigte, dann drehte sich
immer jemand um, um den zu betrachten, der die
Kraft hatte, im Flugsand auszuharren.

Aber vor hundert Jahren, als der Kampf zwischen den Menschen und dem Sand am heftigsten
tobte, sah es plötzlich aus, als sollte der Sand die
Oberhand gewinnen. Der Bauer auf Bredane
starb plötzlich im besten Mannesalter, und der
Sohn, den er hinterließ, zählte nicht mehr als fünf-
zehn Jahre, sodass er unter die Vormundschaft
seiner Mutter kam. Sie musste also nun den
Kampf gegen den Sand führen. Und obgleich sie
sich bisher wacker gehalten hatte, glaubte doch
niemand, dass sie die Ausdauer haben würde, einen solchen Feind zu überwinden.

Der Sohn hieß Sigurd. Er geriet nach der Mutter, die blond und schön war. Seine Natur war von
heiterer Gemütsart, doch solange der Vater lebte,
hatte ihm dieser alle seine Sorgen anvertraut, sodass er für sein Alter ein wenig bedrückt und allzu
ernst war. Er und die Mutter waren gut Freund.
Sie waren darin eines Sinnes, dass sie versuchen
wollten, sich auf Bredane zu halten und den früheren Besitzern nicht nachzustehen.

Als der Bauer auf Bredane ein Jahr tot war,
kam ein neuer Knecht auf den Hof. Sigurd sah
den Knecht erst, als er beim großen Herbstwech-

sel seinen Dienst antrat. Die Bäuerin hatte ihn im vorigen Sommer auf einer Hochzeit getroffen und ihn sogleich eingestellt, ohne den Sohn um Rat zu fragen. Der Knecht hieß Jan. Er war groß und schlank, hatte braunrotes Haar, blasse Wangen und schwarze Augen. Die Mutter nahm ihn besonders freundlich auf. Als er ins Haus kam, war ein großer Begrüßungsschmaus aufgetischt: Haferkuchen, frisches Brot, frische Butter, Käse, Wurst und Branntwein. Auf dem Tisch lag eine Decke wie am Feiertagsabend. Der Knecht aß unheimlich viel, und Sigurd fand es wunderlich, dass er so zeigte, dass er ausgehungert auf den Hof kam. Während der Mahlzeit und auch später plauderte er unaufhörlich, der Mund stand ihm keinen Augenblick still. Er war sehr scherzhaft, und sowohl die Mutter wie das Gesinde unterhielten sich so gut, dass sie sich vor Lachen gar nicht zu helfen wussten. Auch Sigurd ließ ihn den ganzen Abend nicht aus den Augen, aber er lachte nicht.

Der Knecht ging einen Augenblick in den Stall hinaus, um nach dem Pferd zu sehen. Und da benützte die Mutter die Gelegenheit, Sigurd zu fragen, wie ihm der Neuankömmling gefalle. Sigurd wusste, dass die Mutter sich sehr freuen würde, wenn er sagte, dass er mit ihm zufrieden sei, doch er konnte sich nicht dazu entschließen.

»Ist er nicht ein Zigeuner?«, fragte er nur.

»Ein Zigeuner«, sagte die Mutter. »Warum sollte er ein Zigeuner sein? Weißt du nicht, dass alle Zigeuner dunkel sind? Der hat doch rote Haare.«

»Ja, aber er hat Silberknöpfe an der Weste.«

»Die kann er doch haben, ohne deshalb gleich ein Zigeuner zu sein«, sagte die Mutter und schien erzürnt.

In den nächsten Tagen war Sigurd immer mit dem neuen Knecht zusammen. Was er auch von seiner Abstammung dachte, eines konnte er nicht leugnen: Dass er arbeitete. Er war so flink, dass er an einem Tag mehr ausrichtete als der frühere Knecht in vier. Dazu war er so willig, dass er mehr Arbeit auf sich nahm, als man von ihm verlangte. Nicht genug, dass er das Holz im Holzschuppen hackte, er trug es auch ins Haus. Da war ein Türchen im Stall, das seit Jahr und Tag schräg in den Angeln hing, ohne dass es jemand beachtet hatte – aber nun wurde es instand gesetzt. Er schmierte alte rostige Schlösser, er hämmerte Dauben auf den Braubottich und verstopfte alle Löcher in den Zäunen. Und alle Arbeit ging unter Scherzen und Lachen vonstatten. Es ließ sich nicht leugnen, dass es seit seinem Kommen viel behaglicher im Hause war.

Auf einem Wandbrett in der Wohnstube stand ein alter Kaffeekessel, der schon seit Jahren unbrauchbar war. Eines Tages wandte sich Sigurd an Jan und fragte ihn, ob er ihn nicht vielleicht instand setzen könnte.

»Ich glaube schon. Darf ich ihn einmal ansehen?«, sagte Jan.

Da nahm ihn die Hausmutter vom Wandbrett
und reichte ihn Jan, aber sie machte ihm zugleich
ein kleines Zeichen. Jan hob den Deckel ab und
guckte in den Kessel, stellte ihn aber gleich wieder
weg.

»Den wollen wir ausbessern lassen, wenn einmal Zigeuner vorbeikommen«, sagte er. »Es fehlt
ihm weiter nichts, er muss nur verlötet werden.«

Bei diesen Worten Jans empfand Sigurd eine
große Erleichterung. Er wusste, dass alle Zigeuner dergleichen können; und wenn Jan sich auf
diese Kunst nicht verstand, so gehörte er wohl
nicht zu ihrem Stamm. Es war so gekommen, dass
der Knabe eine große Zuneigung zu dem Knecht
gefasst hatte. Darum war er froh, dass Jan kein
Zigeuner war und auf dem Hof bleiben konnte.

Aber nach ein paar Tagen wurde Sigurd wieder
unruhig, denn da fing Jan an, Geige zu spielen.
Die Bäuerin hatte davon gesprochen, welch herr-
liches Geigenspiel sie in ihrer Jugend gehört hatte, und da hatte Jan seine Geige geholt und angefangen zu spielen. Zuerst hatte er zögernd und unsicher gespielt, als wäre er in der Kunst nicht
sonderlich bewandert, doch plötzlich hatte er den
Kopf zurückgeworfen, seine Augen begannen zu
glänzen, und der Bogen fuhr mit Schwung und
Kraft über die Saiten. Es zeigte sich, dass er ein

Meisterspielmann war. Wenn er so recht in Fahrt kam, konnten sich die Weibsleute nicht still halten, sondern fingen an zu tanzen. Sigurd hingegen saß regungslos und lauschte nur. Er hatte früher noch keinen so guten Spielmann gehört, und er fand solche Freude an der Musik, dass er nicht tanzen wollte, sondern nur ganz still dasaß und die Töne mit den Ohren einsog. Aber während er so saß und lauschte, geschah ihm etwas Sonderbares. Eine trübe Erinnerung tauchte in seinen Gedanken auf und störte ihn im Genuss. Er sah solch eine Zigeunerbande vor sich, wie sie durch das Land zu ziehen pflegten. Sie kamen in ihren Hof gefahren: ein paar große Wagen, die nur mit Fetzenbündeln beladen schienen und von elenden, ausgehungerten Mähren gezogen wurden. Mit diesen Wagen kamen lange, magere Männer, die Gesichter voll Narben und Schrammen, hässliche gelbe Frauen und eine Unzahl schwarzäugiger Kinder, die überall herumliefen und um alles bettelten, was sie nur sahen. Der Vater war nicht daheim gewesen, als sie gekommen waren, und die Mutter hatten sie eingeschüchtert und sie gezwungen, ihnen alles zu geben, was sie verlangten. Sie mussten ihnen Essen, Branntwein, Heu, Wolle und Kleider geben, sodass das Haus wie geplündert war, als sie endlich ihrer Wege zogen. Und all das fiel ihm jetzt ein, während Jan spielte. Er versuchte, es sich aus dem Sinn zu schlagen, aber es war etwas in dem Spiel, das ihn an die gellenden, schrillen Stimmen der Landstreicher erinnerte.

Ein paar Tage später kam Sigurd in die Wohnstube gestürzt, wo die Mutter saß und spann.

»Nun muss ich dir aber sagen, dass Jan doch ein Zigeuner ist«, rief er.

Die Mutter beugte sich ein wenig vor, aber hörte nicht auf zu spinnen.

»Nein, was du nicht sagst«, erwiderte sie. »Das ist aber eine merkwürdige Neuigkeit.«

Es lag etwas in ihrem Ton, als machte sie sich über ihn lustig.

»Eben jetzt kam ein Wagen voll Zigeuner vorbeigefahren, gerade als Jan und ich im Hof standen. Und sie riefen ihn an, und er antwortete ihnen.«

»Es ist doch nicht verboten, mit Zigeunern zu sprechen«, sagte die Mutter und tat ganz gleichgültig.

»Nein, aber sie haben ihn in der Zigeunersprache angerufen, und er hat ihnen ebenso geantwortet. Ich konnte kein Wort verstehen.«

»Und jetzt meinst du wohl, weil Jan die Zigeunersprache spricht, muss er selber ein Zigeuner sein«, sagte die Mutter in dem sorglosesten Ton der Welt, und ohne mit der Arbeit aufzuhören.

»Glaubst du es denn nicht?«, fragte der Knabe.

Er konnte sich nicht genug wundern, dass die Mutter die Sache so ruhig nahm.

»Musst du ihn denn nicht vom Hof wegschicken?«, fragte er. Denn er hatte immer gehört, dass es unmöglich sei, einen Zigeuner im Dienst zu haben. Er erinnerte sich an die Verzweiflung des Vaters, als die Zigeuner damals dagewesen waren und er bei seiner Heimkehr das Haus geplündert fand.

»Ich glaubte, dieser Hof sei schon heimgesucht genug«, hatte er damals gesagt. »Ich glaubte, es sei an dem Sande genug. Müssen nun auch noch die Zigeuner über uns kommen!«

Später am Abend hatte der Vater Sigurd zu sich gerufen. Er hatte ihn zwischen seine Knie gestellt und angefangen, mit ihm von den Zigeunern zu sprechen. »Merke dir, was ich dir sage«, hatte er gesagt, »und vergiss es nie! Hüte dich, etwas mit Zigeunern zu schaffen zu haben. Denn sie sind nicht wie die anderen, und sie werden nie wie wir. Sie haben etwas Wildes in sich, sodass sie nicht unter einem Dach wohnen können, sondern immer auf der Landstraße herumstrolchen müssen. Sie können nicht so zahm werden, dass sie eine ordentliche Arbeit verrichten, sondern sie wollen nur von Rosstausch und Kartenspiel leben, wenn sie nicht betteln oder stehlen. Und kommt ein Zigeuner so weit, dass er arbeitet, dann wirst du nie sehen, dass er etwas Neues macht, sondern er will immer nur etwas Altes sticken und ausbessern.«

Sigurd sah den Vater ganz deutlich vor sich, wie er damals aussah, als er dies sagte. Er war sehr feierlich gewesen, und die Worte hatten schwer und drohend geklungen. »Merke dir, du sollst nie einem Zigeuner vertrauen, denn sie sind nicht von unserem Stamm, und sie wollen uns immer betrügen! Sie sind mehr dem Troll, dem Nix, dem Nöck verwandt als uns. Darum sind sie auch bessere Wahrsager und Spielleute als wir anderen, aber darum können sie auch nie ehrliche Christenmenschen werden. Sie sind auch darin wie das Hexengesindel, dass sie sich gern ins Dorf schleichen und sich einschmeicheln, sodass sie bei uns Bauern einen Dienstplatz bekommen und später unsere Töchter heiraten und unsere Höfe an sich bringen. Aber wehe dem, der solch einen ins Haus bekommt, denn schließlich kommt doch der Troll in ihm hervor! Sie mögen sich noch so sehr dagegen wehren, schließlich bringen sie Elend über alle, die an sie geglaubt haben.«

Sigurd stand schweigend neben der Mutter und dachte an dies. Sie schwieg auch und zögerte, ihm zu antworten.

»Es wird wohl das Beste sein, wenn ihr Jan ziehen lasst, sobald es sich machen lässt«, sagte er noch einmal.

Jetzt ließ die Mutter die Arbeit sinken, hob den Kopf und sah Sigurd in die Augen.

»Es hat nichts zu sagen, von welchem Stamm Jan ist«, sagte sie. »Ich werde ihn heiraten. Am nächsten Freitag fahren wir zum Pfarrer und bestellen das Aufgebot.«

Sigurd erstarrte zu Eis. Aber was ihn am tiefsten verletzte, war, dass man ihn von allem ferngehalten hatte – dass die Mutter alles bestimmt hatte, ohne nach seiner Meinung zu fragen.

»Wenn zwischen euch schon alles im Reinen ist, so hat es ja keinen Zweck, dass ich noch etwas sage«, brach er los und wandte sich zum Gehen.

Aber als er die Tür aufriss, stand er dem Knecht gegenüber. Jan kam ins Zimmer, mit furchtbar düsterem Gesichtsausdruck. Der hoffnungsloseste Schmerz war in seinen Zügen zu lesen.

»Ich höre, Sigurd will, dass ich von hier fortgehe, weil ich ein Zigeuner bin«, sagte er und ging mit ausgestreckter Hand auf die Bäuerin zu, wie um ihr Lebewohl zu sagen.

»Da bleibt mir wohl nichts anderes übrig, als wieder über die Landstraße zu ziehen.«

»Du brauchst dich nicht um Sigurd zu kümmern«, sagte die Bäuerin. »Ich habe ihm schon gesagt, dass wir zum Pfarrer gehen, um unser Aufgebot zu bestellen.«

»Daran ist nicht zu denken«, sagte der Knecht. Er sank auf eine Bank, als hätte er nicht die Kraft, sich aufrecht zu halten, heftete die Augen hartnäckig auf den Fußboden und schlug sich mit der Mütze über die Hand.

»Es hilft nichts, wenn man versucht, davon loszukommen«, sagte er. »Und wenn einer sein Bestes tut, wenn man arbeitet, bis einem das Blut aus den Nägeln spritzt: Immer wird man zurückgestoßen. Wer aus Bauerngeschlecht stammt, der kann sich nicht denken, was es heißt, kein anderes Erbe zu haben als den Landstreicherwagen. Es gibt keine Rettung für mich, ich muss eben wieder davon leben, alten Kram zu verlöten und Pferde zu tauschen.«

Nun ging die Bäuerin auf den Knecht zu. »Ich habe gesehen, welche Mühe du dir gegeben hast. Ich glaube, Sigurd muss es auch gesehen haben. Ich denke, er wird edelmütig genug sein, dir zu vertrauen.«

»Nein, das kann man nicht verlangen«, rief der Knecht.

»Aber vorerst habe ich hier zu befehlen«, fuhr die Bäuerin fort.

»Es ist ganz ausgeschlossen, dass ich auch nur einen Tag gegen Sigurds Willen hier bleibe. Der Hof gehört doch ihm, und es würde nur Zwietracht zwischen Euch und ihm geben, wenn ich bliebe.«

Als Jan dies gesagt hatte, entstand ein langes Schweigen. Sigurd begriff, dass die Mutter jetzt von ihm erwartete, er solle Jan bitten, zu bleiben –

und er war selbst so gerührt über dessen Worte, dass er sehr geneigt war, dies zu tun. Aber dann musste er an die Worte des Vaters über die Zigeuner denken. Da entstand ein solcher Kampf und eine solche Unruhe in ihm, dass er kein Wort zu sagen vermochte. Er hätte so gerne gewusst, ob es nicht auch unter den Zigeunern einen ehrlichen, tüchtigen Kerl geben könne, und ob nicht Jan ganz anders geartet sei als die Übrigen.

Jan verhielt sich ganz still. Er hatte aufgehört, sich mit der Mütze über die Hand zu schlagen und starrte mit düsteren Blicken vor sich hin, so als sehe er über endlose Abgründe des Unglücks.

Endlich brach die Mutter das Schweigen.

»Ich weiß, was für ein Mann aus dir geworden wäre, wenn du hier bei uns hättest bleiben dürfen«, sagte sie. »Und ich will nicht, dass du wieder ins Elend gestoßen wirst. Darum will ich mit dir gehen, wenn du uns verlässt.«

»Nein, das dürft Ihr nicht«, rief der Knecht rasch. »Ihr solltet nicht als Landstreicherin umherziehen, Ihr, die Ihr eine Bäuerin gewesen seid!«

»Darein muss ich mich finden, wenn du nicht hierbleiben willst.«

»Nein, darauf gehe ich nie ein«, rief der Knecht. »Habt Dank, dass Ihr das tun wolltet. Aber Euch will ich nicht mit ins Unglück ziehen.«

Sigurd schwieg noch immer. Aber er fing an, sich ein wenig zu schämen: Die anderen beiden waren zu allem bereit, was nur schön und edel war, während er daneben stand und hart und misstrauisch blieb.

Endlich stand der Zigeuner auf, trat auf Sigurd zu und reichte ihm die Hand.

»Lebwohl, Sigurd«, sagte er. »Du darfst nicht glauben, dass ich dir böse bin. Du hast wohl so viel Schlechtes über uns Zigeuner gehört, dass ich es begreife, wenn du keinem von uns etwas Gutes zutraust.«

Sigurd gab ihm nicht die Hand, er sagte auch kein Wort. Er war jetzt so von dem Edelmut der anderen überwältigt und so beschämt über seine eigene Härte, dass er fühlte, dass er im nächsten Augenblick in Tränen ausbrechen müsste. Aber er wollte nicht, dass jemand dies sehe, sondern lief zur Tür hinaus. Schon draußen im Flur überwältigten ihn die Tränen, sodass er laut aufschluchzte.

Am nächsten Tag war Sigurd sehr still und in sich gekehrt. Er saß auf dem Eichenbrett vor der Haustür, ohne irgendetwas vorzunehmen. Jan ging seinen Arbeiten nach und der Knabe folgte ihm mit den Blicken, aber näherte sich ihm nicht. Jan rief ihn zu sich und sprach freundlich und heiter mit ihm, wie immer. Da wurde Sigurd froh und folgte ihm den ganzen Tag. Auch die Mutter war gut zu Sigurd, aber daraus schien er sich nicht so viel zu machen. Er war einer von jenen, die nicht mehr als einen auf einmal lieben können. Und alle

Liebe, die er früher für die Mutter empfunden hatte, übertrug er nun auf Jan.

Es war nun klar, dass Sigurd sich der Heirat nicht mehr widersetzte. Das Aufgebot wurde verkündet und die Hochzeit gefeiert wie es bestimmt war. Es war eine sehr stille Hochzeit. Nur die nächsten Nachbarn waren eingeladen und gar niemand von Jans Familie. Jan selbst war sehr ernst, er gesellte sich nicht zur Jugend, sondern saß bei den älteren Männern und sprach verständig mit ihnen. Die Leute begannen, gut von ihm zu denken, und auf dem Heimweg vom Hochzeitshaus sagten einige, es sei vielleicht doch denkbar, dass ein Zigeuner ein ordentlicher und tüchtiger Mann werden könne.

Als Jan ein paar Wochen verheiratet war, begannen er und Sigurd eines Tages einen neuen Brunnen zu graben. Als sie etwas tiefer kamen, stießen sie auf mehrere verschiedene Erdschichten. Zuoberst lag eine dünne Schicht Gartenerde, darunter eine Lage Meersand und darunter wieder grober Kies und Lehm. Ab und zu stießen sie auf alte Messerklingen und Schlüssel, die irgendein Zufall vor Jahr und Tag in die Erde gebettet hatte. Je länger die Arbeit dauerte, desto mehr Freude machte sie ihnen. Sie gruben eifrig, um zu sehen, was sie wieder finden würden, und scherzten miteinander, sie würden vielleicht noch auf Gold und Silber stoßen. Als sie ein paar Ellen tief gekommen waren, trafen sie wieder auf Meersand, und darunter fand sich eine neue Art von Lehm. Sowie Jan ihn erblickte, stieß er einen Schrei aus, beugte sich hinab und nahm ein wenig davon in die Hand. Er rollte den Lehm zwischen den Fingern, und schließlich kostete er ihn sogar.

»Habe ich es nicht gesagt, dass wir Gold finden würden«, rief er.

»Was hast du denn gefunden?«, fragte Sigurd.

»Ich sage nichts, bevor ich meiner Sache sicher bin«, erwiderte der Zigeuner.

Im selben Augenblick zeigte sich die Bäuerin und rief Jan. »Du musst heraufkommen und mir helfen, Jan«, sagte sie. Jan und Sigurd blickten zugleich über den Brunnenrand und sahen, dass ein paar Zigeunerwagen in den Hof eingefahren waren. Die dunklen Männer mit den Gesichtern voll Narben und Schrammen, die hässlichen Frauen und die schreienden zudringlichen Kinder waren auch dabei. Sigurd wurde bei diesem Anblick ganz ängstlich zumute, und es schien ihm, dass auch Jans Gesicht sich umdüsterte.

»Kannst du sie nicht fortschicken, Jan?«, fragte die Frau mit bekümmerter Stimme.

»Das kann ich wohl nicht«, sagte Jan und lachte. »Das sind ja Vater und Mutter und meine Geschwister, die kommen, um zu sehen, wie es mir geht.«

Er sprang aus der Grube und ging auf die Ankömmlinge zu. In seiner Haltung lag noch ein gewisses Zaudern, aber je näher er den Seinen kam, desto rascher ging er, und als er mitten unter ihnen stand, da rief er laut und fuhr heftig mit den Armen durch die Luft, wie jemand, der aus einem Gefängnis entronnen ist. Er schien so außer sich vor Freude, dass er alle möglichen Tollheiten anstellte. Er sprang mit einem Satz auf das eine Pferd, stand eine Sekunde auf dem Pferderücken und balancierte und hüpfte dann wieder zu Boden. Er fing an, mit dem ältesten seiner Brüder zu ringen, und im nächsten Augenblick war er mitten in der Kinderschar, warf sich zu Boden und wälzte sich mit all den wilden Kindern herum.

Dann wurde den ganzen Tag geschmaust und Jan spielte Geige. Es war ein großes Trinkgelage, aber Jan selbst trank nicht viel – er spielte nur immerzu. Am Abend wurde getanzt, und Jan tanzte mit und spielte dabei.

Sigurd saß mit in der Stube. Die anderen Zigeuner waren ihm ebenso zuwider wie immer, aber er konnte der Lust nicht widerstehen, Jan zuzusehen und seinem Spiel zu lauschen. Und je länger er lauschte, desto leichter und sorgloser wurde ihm zumute. Zum allerersten Mal in seinem Leben begann er zu verstehen, dass es eine Freude sein kann, zu leben. Immer hatte es auf ihm gelastet und ihn bedrückt, dass er mit dem Flugsand kämpfen sollte wie seine Vorväter, dass er den Hof erhalten musste wie sie. Aber es hieß ja nicht gleich den Hof vergessen, wenn man sich einmal eine vergnügte Stunde gönnte.

Das Seltsame war, dass der Zigeuner-Jan nie dazu kam, mit dem Graben des Brunnens fortzufahren. Am nächsten Tag, als seine Angehörigen fort waren, legte er sich schlafen. Und als er am Nachmittag erwachte, stand da ein Bote vom reichsten Bauern im Kirchspiel, der Jan bitten ließ, zu kommen und ihm aus der Not zu helfen. Er feierte die Hochzeit seiner Tochter, aber der Spielmann, den er gebeten hatte, war erkrankt. Nun hatte er das Haus voll Leute, die darauf versessen waren, zu tanzen – aber keinen Spielmann. Jan kam mit und Sigurd auch. Sie blieben drei Tage fort. Als sie wieder heimkamen, waren sie müde und missmutig, und hatten keine Lust, irgendeine Arbeit anzufangen. Sigurd hatte getanzt und getrunken, gespielt und gescherzt. Ganz schlaftrunken ging er herum und konnte sich nicht von seinem Staunen erholen, dass das Leben solche Herrlichkeiten zu bieten hatte.

Es sah aus wie verhext. Jedes Mal, wenn sie davon sprachen, weiter an dem Brunnen zu graben, kamen Gäste. Meistens waren es Verwandte von Jan. Er schien mit allen Zigeunern in Halland verschwägert zu sein, und alle nahm er so gastlich auf wie nur möglich. Das setzte den Vorräten in den

Speisekammern und Kornspeichern tüchtig zu.
Wenn Jan mit seinem Weib und Sigurd allein war,
klagte er darüber, dass seine eigenen Leute ihn an
den Bettelstab brächten. Aber wenn sie wieder kamen, zögerte er doch nie, sie aufs Beste zu bewir-
ten. Manchmal verlockten sie ihn, Karten zu spielen. Einmal gelang es einem Zigeuner, ihm im
Spiele eine Kuh abzugewinnen. Der Frau und Sigurd sagte er, er hätte die Kuh verkauft, aber sie
erfuhren von anderen, wie sich die Sache verhielt.

Die Kuh gehörte ja Sigurd wie alles andere
auch, und als er erfuhr, dass Jan sie verspielt hatte, wurde er sehr zornig. Dieser Vorfall hatte ihm
plötzlich die Augen geöffnet. Jetzt sah er erst, wie
es um den Hof stand.

Bredane war ja ohnehin arm, sodass es der
größten Sparsamkeit bedurft hatte, dort zu leben.
Aber unter dem Regiment des Zigeuner-Jan war
der Hof noch ärmer geworden. Es schien Sigurd,
als sei das ganze letzte Jahr wie im Traum verflo-
gen. Jetzt sah er, wie versandet die Felder waren.
Es gab kaum noch einen Acker, der sich bebauen
ließ. Im Frühling hatte Jan in den nackten Sand
gesät, und nur einige wenige Hälmchen waren
hervorgekommen. Sigurds ganzes väterliches Erbe ging zugrunde.

Sigurd trat in die Wohnstube, um mit Jan zu
sprechen. Aber Jan stand da und spielte, und Sigurd konnte sich nicht entschließen, ihn zu unter-

brechen, sondern saß mit schwerem Herzen da und lauschte. Wie immer, wenn er Jan spielen hörte, wurde ihm allmählich leichter ums Herz. Er dachte an das strenge, karge Leben, das sie geführt hatten, bevor der Zigeuner ins Haus kam, und er fragte sich, ob er denn selbst wollte, dass das jetzt von Neuem beginnen solle.

Ganz plötzlich brach Jan mitten im Spiel ab.

»Sag mir nur eines, Sigurd«, begann er mit ungewöhnlich sanfter Stimme. »Willst du, dass ich meiner Wege gehe und dich und das Deinige in Frieden lasse?«

Sigurd war ganz betroffen, denn er hatte eben darüber nachgesonnen, wie er es anstellen sollte, ihn fortzubringen. Er wusste nichts zu erwidern.

»Sag nur ein Wort, wenn du mich los werden willst«, sagte Jan.

Da fühlte Sigurd, wie sich sein Herz zusammenkrampfte bei dem Gedanken, dass Jan und er sich trennen sollten.

»Nein, ich will, dass du bleibst«, sagte er.

»Dann mache mich nicht dafür verantwortlich, wie es mit deinem Erbteil ergehen wird«, sagte Jan. »Denn das, was ich dir jetzt anbot, war ehrlich gemeint.«

Und es dauerte auch nicht lange, so kam der Tag, an dem Sigurd mit dem Zigeunerwagen fortziehen musste. Es war kein Bissen mehr in der Vorratskammer, kein Dienstbote im Haus, keine

Kuh im Stall. Nichts anderes war da als ein Arbeitswagen und ein Pferd, denn das hatte Jan nicht losschlagen wollen. An dem Tag, an dem sie nichts mehr zum Leben hatten, spannte Jan das Pferd ein und belud den Wagen mit Pfannen und Töpfen, mit alten Decken und Kissen und mit seinen Werkzeugen. Zuletzt rief er die Bäuerin. Sie kam heraus, mit einem kleinen Kind auf dem Arm, und setzte sich obendrauf.

Sigurd hatte sich an all den Zurüstungen nicht beteiligt. Er saß da und sah zu, wie die anderen sich bereit machten, zu fahren, ohne sich selbst von der Stelle zu rühren.

»Wie es auch kommen mag, ich weiche nicht von Haus und Hof«, dachte er. »Und wenn ich hier verhungern soll, ich bleibe bis zum Letzten.«

Jan und die Mutter schienen es auch für ausgemacht zu halten, dass er bliebe. Keiner von ihnen sagte ein Wort, dass er mitkommen solle. Aber je näher die Stunde ihrer Abfahrt kam, desto weher wurde Sigurd ums Herz. Doch er ließ sie Lebewohl sagen und vom Hof wegfahren, ohne sich zu rühren. Aber als der Wagen durch die Zauntür fuhr, kam das Grauen der Einsamkeit mit solcher Macht über Sigurd, dass er mit den Händen die Bank umklammerte, um sich festzuhalten und ihm nicht nachzueilen. Im selben Augenblick drehte sich Jan noch einmal um und sah Sigurd an. Sigurd stand auf, und als Jan dies merkte, fing er an, ihm zu winken, und mit ein paar langen Sprüngen war Sigurd beim Wagen und auch schon drinnen.

Seither begleitete Sigurd Jan ein paar Jahre lang auf seinen Reisen durch das Land. Sie zogen gewöhnlich so, dass Jan und Sigurd neben dem Wagen wanderten, während die Frau und das Kind fuhren. Wenn sie in die Nähe eines Bauernhofs kamen, hielten sie am Wegrand an. Und Sigurds Mutter ging dann ins Haus, um Essen zu erbetteln und die Leute zu fragen, ob sie nicht Kupferkessel zu flicken hätten, aber die Männer blieben beim Wagen. Am Schwersten war es für sie, nachts ein Obdach zu finden. Oft mussten sie unter freiem Himmel schlafen – aber bald gewöhnten sie sich auch daran. Wo ein Markt abgehalten wurde, und war es noch so tief in Småland oder noch so weit unten in Schoonen, immer wussten sie es so einzurichten, dass sie dabei waren. Da trafen sie mit ganzen Scharen des übrigen Wandervolks zusammen, mit denen sie dann ein paar Tage in Saus und Braus lebten. Jan trank an solchen Markttagen viel, und Sigurd nahm auch die Gewohnheit an, zu trinken.

Um die Weihnachtszeit, wenn es ernstlich kalt wurde, pflegten sie das Herumstreifen aufzugeben und kehrten nach Bredane zurück. Da blieben sie, solange noch etwas von den Esswaren übrig war, die sie sich auf ihren Fahrten erbettelt hatten. Dann zogen sie wieder aus.

Diese Lebensweise hatte das Zigeunervolk geführt, seit es nach Schweden gekommen war, und Jan wünschte sich auch nichts Besseres, als es so weiter zu treiben. Er sagte jetzt ein übers andere Mal, es sei eine Torheit von ihm gewesen, zu versuchen, ansässig zu werden. Er müsse frei sein, müsse jederzeit dahin ziehen können, wo es ihm beliebte.

Es sah so aus, als wäre auch Sigurd ganz zufrieden, und als sei die Freundschaft zwischen ihm und Jan so innig wie zuvor. Doch manches Zeichen deutete darauf hin, dass Sigurd von einer inneren Unruhe verzehrt wurde. Er trank viel, aber nicht wie einer, der am Trinken Freude hat, sondern wie jemand, der nur trinkt, um einen Kummer zu betäuben. Er war auch reizbar geworden, und der geringste Anlass konnte ihn in heftigen Zorn versetzen.

Während sie so kreuz und quer durch Halland zogen, kamen sie oft zu großen Flugsandfeldern, und da wurde Sigurd immer schwermütig gestimmt. Als sie eines Tages über solch ein unermessliches Sandfeld wanderten, sagte Jan: »Hier war einmal Wald. Das habe ich meinen Vater erzählen hören. Wie merkwürdig, dass alles so zugrunde gehen konnte.«

»Die Leute sind wohl ihrer Wege gegangen und haben alles dem Zufall überlassen, anstatt gegen den Sand zu kämpfen, wie es ihre Pflicht gewesen wäre«, antwortete Sigurd bitter.

»Meinst du«, sagte Jan rasch. »Dann will ich dir eines sagen: Du kannst ja noch immer heimgehen und den Sand von deinen Feldern vertreiben, wenn du willst. Niemand hält dich hier zurück.«

»Du weißt ganz gut, dass ich nicht mehr heimgehen und arbeiten kann«, erwiderte Sigurd. »Ich bin schon bald ein ebenso guter Zigeuner wie du. Ich liebe Branntwein und Kartenspiel und ich will nichts arbeiten. Ich bin ganz so, wie du mich haben wolltest.«

An einem anderen Tag gingen sie über einen Weg, der am Rand eines großen Sandfelds lief. Hier hatte man versucht, den Sand zu binden, und eine Menge Tannenschösslinge waren gepflanzt worden. Einer davon wuchs dicht am Wegrand. Als Jan vorbeiging, riss er ihn mit dem Fuß aus dem Boden.

»Was tust du da?«, rief Sigurd mit scharfer Stimme. Er runzelte die Stirn und sah aus, als hätte er Lust, sich auf den Zigeuner zu stürzen.

»Ich werfe diesen Besen um, und ich hätte Lust, es mit all den anderen ebenso zu machen«, antwortete Jan.

»Welche Freude kann dir das bereiten?«, sagte Sigurd.

»Ich kann dir nicht sagen, was es ist«, sagte Jan. »Aber in den Ländern, wo große nackte Felder und große offene Heiden sind, da fühlen sich die Zigeuner wohl. Aber wo der Bauer geht und sät und pflügt, da können wir es auf die Dauer nicht aushalten.«

»Das kann schon sein«, sagte Sigurd. »Aber jetzt wirst du doch dieses Tannenpflänzchen wieder in die Erde stecken …«

Jan schien ihn nicht recht zu verstehen. Er stand nur da und starrte ihn an.

»Steck die Tanne hinein, sonst hüte dich vor dem Tag, an dem ich volljährig werde!«, schrie Sigurd. Jan beugte sich hinab und steckte das Pflänzchen hinein. Als er sich wieder erhob, sah er Sigurd mit einem heimtückischen Blick an, sagte aber kein Wort.

Unter Sigurds Nachbarn herrschte große Verwunderung darüber, dass er, der von so gutem Stamme war, es unter den Zigeunern aushalten konnte. Viele erwarteten, dass er sich von ihnen trennen würde, wenn er endlich volljährig war. Aber wenn das seine Absicht gewesen war, so kam sie doch nicht zur Ausführung, denn am Tage seiner Mündigkeit wurde er wegen Diebstahls verhaftet.

Er, Jan und die Mutter waren auf einem ihrer gewohnten Streifzüge unterwegs. Am Morgen hatte Jan Sigurd geweckt und ihn gebeten, an diesem Tag den Wagen zu kutschieren, weil er, Jan, auf einem Fest zum Tanz aufspielen sollte.

»Wenn du nicht gar zu rasch fährst, werde ich euch morgen früh schon wieder einholen«, hatte er gesagt.

Selma Lagerlöf · Von Trollen und Menschen

Sigurd dachte an diesem Tag an so mancherlei, während er die Straße entlang fuhr. Früher hatte er versucht, sich weiszumachen, er werde heimkehren und seines Vaters Werk wieder in Angriff nehmen, sowie er nur mündig sei. Aber jetzt fühlte er, dass er nicht die Kraft dazu hatte. Der ganze Besitz war ja versandet, nicht ein Fuß breit Erde war übrig, und um das Wohnhaus herum lagen die Sandhaufen bis zu den Fenstern hinauf. Er konnte sich gar nicht denken, was er daheim anfangen sollte. Was nützte es, Arbeit an eine Sache zu verschwenden, die sie ihm doch nie lohnen würde.

Sigurd hatte sich eben entschlossen, den Hof seinem Schicksal zu überlassen, als er von ein paar fremden Männern angerufen wurde. Er hielt an, und sie traten näher und betrachteten sein Pferd. Es war ein neues Pferd. Jan hatte es am vorigen Abend gebracht und Sigurd gesagt, dass er es von einem Bauer in Frillesas gekauft habe. Nun zeigte es sich aber, dass das Pferd gestohlen war, und Sigurd, der es eingespannt hatte, wurde als Pferdedieb verhaftet.

Sigurd machte sich darüber keine großen Sorgen. Er konnte eine ganze Menge Leute als Zeugen anführen, dass er am vorhergehenden Tag gar nicht in Frillesas gewesen war. Ohne Sträuben ließ er sich in den Kotter führen und war überzeugt, dass er freigesprochen werden würde, sobald die Sache nur vor Gericht käme.

Der erste, den Sigurd sah, als er den Thingsaal betrat, war Jan, der mitten in einem Haufen Zigeuner saß.

»Jan ist hergekommen, um mir zu helfen«, dachte er, denn er wusste, dass alle diese Männer wussten, wo er sich den ganzen Tag, an dem der Diebstahl geschehen war, aufgehalten hatte. Aber als dann die Zeugen aufgerufen wurden, und auszusagen begannen, da zeigte es sich, dass einer nach dem anderen ihn auf dem Weg nach Frillesas gesehen haben wollte, ja sogar im Dorf selbst. Einige waren ihm mitten in der Nacht begegnet, als er mit dem gestohlenen Pferd herangefahren kam.

Jan selbst durfte nicht aussagen, aber Sigurd wartete die ganze Zeit, dass er in der einen oder anderen Weise eingreifen und all diesen Lügen ein Ende machen würde. Aber Jan tat nichts, um ihm beizustehen, und je schlechter sich die Sache für Sigurd entwickelte, desto tieferen Gram drückte Jans Gesicht aus. Einmal begegneten sich ihre Blicke, und da sah Jan Sigurd so an, wie ein guter Vater einen missratenen Sohn ansieht, der auf Abwege geraten ist.

Als Sigurd diesem Blick begegnete, da war er zuerst wie versteinert, aber bald begann ein Lächeln seine Lippen zu umspielen. Er hatte gesehen, dass alles, was in Jans Gesicht zu lesen stand, Lüge war. Er hatte gesehen, dass Jan sich freute,

dass Jan derjenige war, der ihn ins Unglück gebracht hatte, und dass Jan es so einzurichten wissen würde, dass er verurteilt werden musste.

Aber das Merkwürdige war, dass, als Sigurd
sich über all dies klar wurde, ein Gefühl der Freude sein ganzes Wesen anfüllte. Er wunderte sich
über sich selbst, dass er so fühlen konnte. Er
wusste, man würde ihn zu mehreren Jahren
Zuchthaus verurteilen, und dennoch fühlte er sich
wie jemand, der die Freiheit wiedererlangt.

Als Sigurd ins Gefängnis zurückgeführt wurde
und da allein blieb, hatte er das Gefühl, ganz
plötzlich ein anderer Mensch geworden zu sein.
Von dem Augenblick an, in dem er dem Zigeuner-
Jan in die Seele geblickt und gesehen hatte, dass
er im tiefsten Innern falsch und hart war, war er
wie aus einer jahrelangen Verzauberung erlöst. Er
hatte unter der Gewalt eines anderen gestanden,
und nun herrschte Freude in seiner Seele, dass sie
wieder frei wurde. Aber während er so aufwachte,
sah er sich selbst, wie er gewesen war, und großes
Entsetzen bemächtigte sich seiner.

Als Sigurd das nächste Mal vor Gericht kam,
suchte er sich kaum zu verteidigen. Was hatte es
zu sagen, ob er an dem Pferdediebstahl unschuldig
war! Er fühlte sich doch als ein großer Verbre-
cher. Er war in einer Gemütsverfassung, in der es
ihn beglückte, zu leiden. Und er war es auch zufrieden, dass er auf diese Art von all dem Alten

losgerissen wurde, von allem, was ihn gelockt und verführt hatte.

Als das Urteil fiel, dachte er kaum daran, was es bedeutete. Er stand nur da und verurteilte sich selbst zu lebenslänglicher Strafarbeit. Er wollte den Kampf seiner Vorväter wieder aufnehmen, so hoffnungslos er auch erscheinen mochte.

Und es kam der Tag, an dem Sigurd in sein Heim zurückkehrte und die Arbeit in Angriff nahm. Er hatte es so eingerichtet, dass er im Winter als Drescher in Schoonen arbeitete, und im Frühling kehrte er heim, mit so viel Lebensmitteln versehen, dass er bis zum nächsten Herbst auf Bredane aushalten konnte.

Er versuchte, Strandroggen und Tannen zu pflanzen, um den Sand zu binden. Er hatte keinen rechten Erfolg damit, aber er arbeitete unverdrossen weiter, wie er es sich auferlegt hatte.

Eines Tages kam ihm der Gedanke, dass es gut wäre, einen Brunnen in der Nähe zu haben, und da begann er ungefähr an derselben Stelle, wo er und Jan einmal gearbeitet hatten, einen zu graben. Als er ein paar Ellen tief gekommen war, stieß er auf eine Mergelschicht. Unten in Schoonen hatte er gelernt, wozu Mergel gut ist, und obgleich er jetzt ein sehr stiller Mann war, geriet er doch vor Freude ganz außer sich.

Jetzt wusste er nicht nur, wie er Macht über den Sand bekommen sollte, sondern auch, wie er ihn fruchtbar machen konnte. Jetzt war es aus mit der Strafarbeit: Jetzt begann eine Arbeit voll Freude und Hoffnung. Er sah sich schon in Gedanken als Besitzer eines großen und reichen Hofs.

Mit einem Mal fiel es ihm jetzt ein, wie er und Jan einen Brunnen gegraben hatten und wie Jan ein Klümpchen Lehm in die Hand genommen und gesagt hatte, er hätte Gold gefunden.

Er hat das mit dem Mergel gewusst. Er hat es die ganze Zeit gewusst, dachte Sigurd. Und hat es vorgezogen, als Bettler herumzuziehen, anstatt daheim zu bleiben und zu arbeiten und uns alle reich zu machen!

Aber dieser Gedanke erregte keinerlei Hass oder Bitterkeit in ihm – nur großes Mitleid. Er begriff, dass der Zigeuner nicht so denken und handeln konnte, wie er hätte sollen. Er war von einer anderen Art, und er musste so leben, wie seine Art es ihm gebot. Ob es für ihn selbst und für andere zum Glück oder zum Unglück ausschlug – er musste doch so sein, wie die Natur ihn geschaffen hatte.

Der dienstbare Geist

Krus Erik Erson, der Dorfschuster, und sein Lehrling, Konstantin Karlsen, hatten die ganze Woche im Pfarrhof gesessen und Schuhe gemacht. Nun, so etwa um neun Uhr am Samstagabend, waren sie auf dem Heimweg zu ihren an der äußersten Grenze des Kirchspiels gelegenen Behausungen.

Es war Herbst und die Sonne war schon längst untergegangen, dennoch wanderten sie nicht durch die Dunkelheit, sondern vielmehr durch klare Luft und Mondschein. Es war so schön, wie man es sich nur denken konnte. Der See unterhalb des Pfarrhofs lag spiegelblank da – eine silberne Straße ging darüber hinweg, und auf den Feldern sah man an jedem Halm Tautropfen hängen, die im Mondschein zu weißen Perlen wurden. Nur hier und da, wenn sie ein Gehölz zu durchkreuzen hatten, wurde es dunkel um sie. Der Herbst war noch nicht weit vorgeschritten, die Bäume waren noch belaubt und ihre Kronen breiteten sich wie tiefschwarze Wölbungen über den Köpfen der Wanderer aus.

Es fühlte sich ein bisschen ungewohnt an, zu gehen, nachdem sie sechs Tage über die Schuster-bank gebückt dagesessen hatten. Sie pusteten un-ter der Last ihrer Ränzel und keiner von ihnen sprach ein Wort.

Aber der Weg aus dem Pfarrhaus führte am Friedhof vorbei, und als Krus Erik Erson die alten Grabkreuze über die Kirchhofmauer schimmern sah, da kamen ihm plötzlich allerlei Gedanken.

»Ja, Konstantin«, sagte er, und seine Stimme klang ängstlich und sehnsüchtig zugleich, so etwa, wie man, nachts an einem fremden Obstgarten vorbeigehend, davon spricht, wie schön es wäre, ein paar Äpfel mitnehmen zu können. »Das wäre doch prächtig, wenn man ein bisschen Graberde kriegen könnte.«

»Graberde?«, fragte der Lehrling und war so verdutzt, dass er stehen blieb. »Davon könnt Ihr doch haben, soviel Ihr mögt. Aber was wollt Ihr denn damit anfangen?«

Krus Erik blieb ebenfalls stehen. Er war jetzt so ergriffen von dem, wovon sie sprachen, dass er kein lautes Wort herausbringen konnte, sondern flüstern musste.

»Auf diese Art bekommt man nämlich einen ›Spirrtus‹. Und wer einen Spirrtus hat, der kann alles haben, was er will. Da bräuchte unsereins nie

Der dienstbare Geist

41

mehr ein Paar Schuhe zu machen. Man könnte sich ein Haus bauen, so hoch wie der Glockenturm, und sich Pferde und Wagen anschaffen und bräuchte keinen Schritt mehr zu gehen.«

Der Lehrling stammte aus einem Hause, wo große Frömmigkeit und Gottesfurcht herrschte und aller Aberglaube in Acht und Bann getan war. Er stand in dumpfem Staunen da und konnte gar nicht glauben, dass Krus Erik das ernst meinte.

»Es ist doch wohl nicht möglich, dass Ihr an derlei glaubt, Meister Erik«, sagte er.

»Und ob ich es glaube«, sagte der andere.

Und wie sie so vor dem Gottesacker standen, begann er von diesem und jenem zu erzählen, der sich einen Spirrtus verschafft und sich seiner bedient habe.

Aber es gelang ihm nicht, den Lehrling zu überzeugen. Der war ein hoch aufgeschossener schöner siebzehnjähriger Bursche von gutmütigem, aber ein wenig schläfrigem Aussehen. Er fragte in aller Unschuld:

»Wenn Ihr so fest dran glaubt, warum verschafft Ihr Euch nicht selbst einen solchen Helfer?«

Doch Krus Erik antwortete düster: »Das kann ich nicht. Es geht über meine Kraft.«

Und seufzend schob er sein Ränzel höher auf die Schulter und setzte seinen Weg fort.

Konstantin blieb stehen. Es sah aus, als sei in ihm ein leises Interesse an der Sache erwacht.

Als Krus Erik ein paar Schritte gegangen war, blieb er auch stehen und drehte sich nach dem Lehrling um.

»Du kannst doch nicht meinen, Konstantin«, und die Stimme zitterte bei dem bloßen Gedanken an etwas so Unerhörtes, »du meinst doch nicht etwa, ich könnte auf den Friedhof gehen und dort Erde einsammeln?«

»Nein«, sagte der Lehrling nachdenklich. »Wenn Ihr wirklich daran glaubt, begreife ich schon, dass Ihr es nicht könnt.«

»Ich kann nie nachts an einem Friedhof vorbeigehen, ohne mir einen Spirrtus zu wünschen«, sagte Krus Erik. »Aber ich kann mir keinen verschaffen. Drum lohnt es nicht, dass wir noch länger hier stehen bleiben, Konstantin.«

Und er setzte seine Wanderung fort, aber langsam, gleichsam in der Hoffnung, aufgehalten zu werden.

Der Lehrling folgte ihm auch jetzt nicht. Die Sache war nämlich so: Wenn es jemand auf Erden gab, dem er so recht von Herzen gut war, so war es Krus Erik. Die Eltern daheim waren so streng, dass sie weder Scherz noch Spiel duldeten. Der Schuster hingegen war voll Späßchen und Schnurren, und es ließ sich so leicht mit ihm umgehen, als zählte er selbst erst siebzehn Jahre. Und als Konstantin ihn nun so alt und gebeugt am Weg stehen sah, da bekam er Lust, ihm eine Freude zu machen.

Er stieß mit dem Fuß an ein Rasenstück, sodass die Tauperlen in die Luft sprühten.

»Seht Ihr, Krus Erik, ich habe vor einer Erdscholle so wenig Angst wie vor der anderen, und wenn Ihr nur ein kleines Weilchen auf mich warten wollt, sollt Ihr haben, was Ihr Euch wünscht.«

Er hatte, während er so sprach, sein Ränzel abgenommen und es auf die Straße geworfen. Nun war er mit einem Satz über den Straßengraben und die Mauer gesprungen und stand schon auf dem Kirchhof, ehe Krus Erik ihm befehlen konnte, von seinem Vorhaben abzulassen.

Es war auch notwendig, dass alles für den Meister so überraschend kam. Denn Krus Erik lag das Wohl seiner Lehrlinge ebenso sehr am Herzen wie sein eigenes. Er hätte, wenn er gefragt worden wäre, Konstantin nie und nimmer erlaubt, bei Nacht einen Kirchhof zu betreten.

Es wäre für Konstantin ein Leichtes gewesen, ein wenig Erde aus einem Grab in der Nähe der Friedhofsmauer zu nehmen. Aber das wollte er nicht. Es bot sich ihm nicht so oft Gelegenheit, sich irgendwie auszuzeichnen, aber Mut hatte er, und es war ihm nicht unerwünscht, dass Krus Erik sich davon überzeugte.

Endlich machte er bei einem Grabhügel halt, der mitten auf dem Friedhof lag, lockerte mit dem

Fuß ein Rasenstück und grub dann mit den Händen die oberste Erdschicht ab.

Als er glaubte, tief genug gekommen zu sein, nahm er ein paar Hände voll Erde und füllte die Taschen seines Kittels damit. Wie viel Erde für einen brauchbaren Spirrtus nötig war, konnte er freilich nicht so genau wissen, aber er dachte, zwei Taschen voll würden schon reichen.

Die ganze Zeit war er mit Eifer bei der Sache und verspürte nicht die leiseste Furcht. Seine Gedanken waren bei Krus Erik, was würde der wohl anfangen, wenn er einen Spirrtus in seiner Gewalt hatte?

Ganz totenstill war es rings um ihn. Er fand es beinahe schade, dass er nichts von alledem sah und hörte, was Leute auf Kirchhöfen zu hören und zu sehen pflegen. Nun konnte er mit gar keinem Abenteuer prahlen, wenn er zum Meister zurückkam.

Er schüttete die aufgeworfenen Erdschollen wieder in die Grube und legte den Rasen zurecht. Er tat dies ganz langsam, damit es noch ein Weilchen dauerte. Krus Erik sollte ja nicht glauben, er hätte Eile fortzukommen.

Mitten in der Arbeit hielt er inne und wurde ganz still, aber es war kein Gespenst, das ihn erschreckt hatte, nur ein wunderlicher, kleiner Gedanke.

Er kam sich mit einem Mal recht dumm vor, dass er sich so abmühte, um Krus Erik einen

Spirrtus zu verschaffen. Warum behielt er ihn denn nicht selber? Er hatte ihn wahrhaftig ebenso nötig wie der Meister.

Blitzschnell sah er eine kleine graue Hütte mit einer einzigen Stube vor sich, das war sein Heim, einen mageren, traurigen, totkranken Mann, das war sein Vater, eine abgearbeitete blasse Frau, das war seine Mutter. Weiß Gott, er brauchte einen Spirrtus nötiger als irgendjemand sonst.

Während er noch so dachte, fiel ein Blatt von einem Baum. Es raschelte, als es an seinem Kopf vorbeiflatterte, und er sprang hastig auf.

Mit verwirrten Blicken sah er sich um. War etwas geschehen, während er über das Grab gebeugt dagestanden hatte? Wachten die Toten am Ende auf? Es ging bestimmt ein Flüstern von Grab zu Grab. Dort in dem schwarzen Schatten der Bäume schimmerte etwas Weißes. Da standen die Toten in hellen Scharen. Sie waren die ganze Zeit dagewesen. Im nächsten Augenblick würde er sie sehen.

Er war erschrocken, einen Augenblick, aber er lief nicht davon, sondern blieb stehen. Er zwang seine Blicke. Die durften nicht nach allen Seiten irren und nach Gespenstern ausspähen. Er wollte sich nicht einschüchtern lassen, wollte nicht atemlos und zitternd zu Krus Erik zurückkommen.

Und vor den festen Blicken verschwand alles. Die Luft wurde gleichsam von Spuk und Gespenstern gesäubert, und er konnte ruhig den Rückweg antreten.

Die Graberde für sich zu behalten, daran dachte er gar nicht mehr.

Wozu sollte das gut sein? Es war ja nur Erde.

Es kam ihm recht seltsam vor, dass ein so kluger Mann wie Krus Erik sich sein ganzes Leben lang in Sehnsucht nach solchen Kindereien hatte verzehren können.

Das war auch was Rechtes, um sich danach zu sehnen. Konstantin steckte die Hände in seine wohlgefüllten Taschen. Nur ein bisschen Erde.

Aber im selben Augenblick stieß Konstantin einen schrillen, gellenden Schrei aus, so wild und angstvoll, als hätte ein Gespenst sich auf ihn gestürzt.

Als seine Hände sich in die Taschen versenkten, da hatte er gefühlt, dass das, was da lag, nicht Erde war, sondern die Überreste toter Menschen. Es waren Finger, Zehen, glatte Augäpfel, verrunzelte Haut, verfilztes Haar, Fleisch, Knochensplitter, Sehnen.

Und all das war klebrig, kalt, weich, in Auflösung begriffen. Er riss die Hände heraus, und in wildester Flucht fetzte er über die Mauer und eilte der Landstraße zu, während er zugleich versuchte, seine Taschen umzukehren, um sich von ihrem entsetzlichen Inhalt zu befreien. Die ganze Zeit schrie er, weniger aus Angst als aus Ekel.

Als er wieder auf dem Weg stand und sich nach Krus Erik umsah, merkte er, dass dieser schon weit über die Kirche hinaus gelaufen war.

Konstantin packte in aller Eile sein Ränzel und warf es über die Schulter. Am liebsten wäre er so rasch gelaufen wie die Beine ihn tragen wollten, aber er mochte sich nicht auslachen lassen. Und so biss er die Zähne zusammen und schlug seinen gewohnten gemächlichen Trab ein, bis er schließlich beim Meister anlangte, der an der Ecke des Gemeindehauses stand und auf ihn wartete.

»Nun, wie steht es mit dir?«, fragte Krus Erik. Und als Konstantin antwortete, mit ihm stände es ganz gut, stellte er keine weiteren Fragen. Denn, seht ihr, Krus Erik wusste ja, wenn man den Verdacht hegt, dass jemand etwas Wunderliches gesehen hat, dann ist es nicht ratsam, gleich mit ihm darüber zu sprechen, sondern man muss erst einige Zeit verstreichen lassen.

Wie es mit dem Einsammeln der Graberde gegangen war, das sah er nur zu gut an Konstantins umgestülpten Taschen.

Im Sommer und so tief in den Herbst hinein wie nur möglich schlief Konstantin auf dem Dachboden, wo er sich mit ein paar Brettern einen Verschlag abgeteilt hatte, den er seine Kammer nann-

te. Groß war sie freilich nicht – eine schmale kleine Bettstatt nahm fast den ganzen Raum ein, aber
sie hatte das Gute, dass er sich am Sonntagmorgen
da ausschlafen konnte. Hätte er unten in der Stube bei den Eltern gelegen, dann hätte er beizeiten
aufstehen müssen, damit die Mutter das Bett zu-
rechtmachen konnte, ehe sie zur Kirche ging.

Seit er bei Krus Erik zu arbeiten begonnen hatte, war es keine Seltenheit, dass er am Sonntag
schlief, bis die Wanduhr unten in der Stube zwölf
schlug. Aber am Tag nach dem Abenteuer auf dem
Kirchhof passierte ihm das nicht: An diesem Morgen erwachte er schon vor neun. Sogleich erinnerte er sich an alles. Er spürte den Ekel noch in den
Fingerspitzen. Es kribbelte in ihnen, wenn er nur
daran dachte, was sie berührt hatten.

Natürlich war es alles nur Einbildung gewesen, pure Angst. Er wusste ja, es war nichts anderes als Erde gewesen, was er in die Taschen ge-
steckt hatte.

Aber Krus Erik hatte doch recht gehabt. Es war
kein Spaß, nachts auf den Friedhof zu gehen und
da Graberde zu holen.

Plötzlich war er mit einem Satz aus dem Bett.
Man denke, wenn Mutter und Krus Erik sich auf
dem Weg zur Kirche träfen, und wenn nun der
Meister erzählte, dass Konstantin gestern Abend
auf dem Friedhof gewesen sei, um dort einen
Spirrtus zu holen. Er musste gleich mit dem Meis-

ter sprechen und ihn bitten, den Mund zu halten – Mutter würde ja ganz außer sich geraten.

So eilig er es auch hatte, konnte er es doch nicht über sich bringen, die Schuhe so staubig und schmutzig anzuziehen, wie sie waren. Er nahm Schuhlack und Bürste aus dem Ränzel und zog den Schuh über die Hand.

Da fiel eine ganze Menge Erde heraus.

Konstantin zog heftig den Atem ein und stieß ihn mit einem Pfeifen wieder aus. Er wusste, wie es dazu kam, dass er Erde in den Schuhen hatte. Sie musste hineingefallen sein, als er auf dem Friedhof seine Taschen ausgeleert hatte. Die Schuhe waren ja oben so weit. Jaja, es konnte gar nicht anders zugegangen sein.

Er sah sich die Erdschollen an. Sie waren ganz wie andere Erde. Ja gewiss, alles andere war nur Einbildung gewesen.

Er leerte beide Schuhe aus und scharrte die Erde mit dem Fuß zusammen.

Viel war es nicht, aber – vielleicht konnte es doch zu einem Spirrtus reichen.

Wieder öffnete er das Ränzel, zog eine kleine Blechdose heraus, in der er Nägel und Pflöckchen zu verwahren pflegte, leerte sie aus und fegte die Graberde hinein.

Krus Erik sollte seinen Spirrtus haben. Er sollte sehen, dass Konstantin Manns genug gewesen war, ihn heimzubringen. –

Obgleich Konstantin sich kaum die Zeit genommen hatte, das Brot und die Milch zu kosten, die die Mutter ihm hingestellt hatte, kam er doch nicht rechtzeitig zu Krus Erik. Der Meister war schon in die Kirche gegangen. Konstantin eilte ihm nach, um ihn womöglich auf dem Weg einzuholen. Und das wäre ihm wohl auch gelungen, wären die Schuhe nicht gewesen.

Er wusste nicht, was in die gefahren war. Sie schlappten bei jedem Schritt wie nie zuvor und rieben den Fuß auf. Die Haut begann so zu brennen, dass er stehen bleiben musste.

Er legte die Schuhe ab und setzte sich am Wegesrand nieder.

Barfuß zu gehen konnte er sich nicht entschließen, und mit den Schuhen kam er nicht vom Fleck — er hatte schon wunde Stellen an beiden Füßen.

Während er noch so ratlos auf der Erde saß, kam ein Wagen herangefahren. Darin saßen Oest Samuel Andersson und ein Fremder, der wie ein Stadtherr aussah. Sie fuhren ganz langsam, was ihn wunderte, denn Oest Samuel war Pferdehändler und pflegte sonst immer wie ein Wilder zu fahren.

Oest Samuel war ein guter alter Freund von Konstantins Eltern. Ihre Hütte lag auf einer Trift unter dem Oesthof, und er hatte ihnen manches liebe Mal mit Rat und Tat beigestanden, namentlich seit Vater die schlimme Krankheit hatte, die ihn fast immer ans Bett fesselte.

Als Oest Samuel Konstantin sah, zog er die Zügel an und fragte ihn, wohin er wolle.

Ja, er wolle zur Kirche, aber er habe wunde Füße, und so müsse er wohl wieder umkehren.

Da bot ihm Oest Samuel an, hinten aufzusitzen. Er fuhr nicht zur Kirche, sondern zum Kirchenvorsteher in Aspnäs, aber Konstantin sparte doch immerhin den halben Weg.

So sprang er hinten auf den Wagentritt. Dies war ja immerhin eine gute Fügung.

Vorne im Wagen sprachen sie über Konstantin. Zuerst sagte der Fremde etwas, aber in so leisem Ton, dass er es nicht hören konnte. Oest Samuel hingegen hatte eine dröhnende Stimme, und er verstand es nicht, sie zu dämpfen. Konstantin hörte, wie er zugab, der Junge sehe nicht so übel aus und sei ganz ordentlich, aber er habe keinen rechten Schneid, und das wäre doch so nötig. Der Vater läge beständig krank, die Mutter rackere sich fast zu Tode, aber der Junge ginge am liebsten herum und stähle unserem lieben Herrgott den Tag. Jetzt hätten sie ihn zu einem Schuster in die Lehre gegeben, und der Meister sage, er sei brav und willig. Aber er glaube doch nicht, dass ein rechter Schuster aus ihm werden könne, er hätte keine glückliche Hand und wäre langsam.

Wieder sagte der Fremde mit seiner leisen Stimme etwas. Er musste wohl daran erinnert haben, dass Konstantin vielleicht hörte, was sie sagten.

Doch Oest Samuel antwortete ganz unbekümmert, dieser Bursche höre nichts. Der gehe immer herum wie im Schlaf.

Woher es nun kommen mochte, aber an diesem Tag schlief Konstantin nicht. Er hörte nicht nur dies, sondern auch alles andere, was die beiden Gefährten sprachen.

Dort wo der Weg nach Aspnäs von der Landstraße abzweigte, hielt Oest Samuel das Pferd an. Konstantin stieg aus, und die anderen fuhren weiter zu dem Bauernhof.

»Du musst dich aber tüchtig sputen, wenn du noch in die Kirche kommen willst, bevor der Pfarrer von der Kanzel steigt«, rief Oest Samuel ihm nach.

Aber weiß Gott, es war für Konstantin nicht so leicht, sich zu sputen. Jeder Schritt tat ihm weh. Er kam nicht rascher vom Fleck als eine Schnecke. Vielleicht wollte der Spirrtus nicht, dass er ihn hergebe.

Und so waren der Gottesdienst zu Ende und die Kirchenbesucher auf dem Heimweg, als Konstantin noch kaum das Kirchdorf erreicht hatte.

Einer der ersten, denen er begegnete, war der Kirchenvorsteher aus Aspnäs, der mitten über die Straße geschritten kam, so groß und breit, als wollte er sie für sich allein behalten.

Der Schuhmacherlehrling, der auf jedem Hof im Kirchspiel gearbeitet hatte, erkannte den Kirchenvorsteher sofort. Er stellte sich gerade vor ihn hin, streckte die Hand aus und sagte Guten Tag.

Der Kirchenvorsteher reichte ihm die rechte Hand, in der er den Stock mit dem großen Silberknopf hielt. Er nahm den Stock nicht in die andere Hand, sondern ließ Konstantin, so gut dies eben gehen wollte, die zusammengeballte Faust und den Stockgriff schütteln.

Aber der Junge störte sich nicht daran und sagte rasch:

»Ich meinte, ich müsste Euch doch sagen, dass Ihr daheim Besuch habt. Oest Samuel und ein Herr aus Falun sind zu Euch gefahren. Ich weiß es, weil ich hinten auf dem Wagen aufsitzen durfte.«

»Soso, soso, das sind ja große Neuigkeiten. Ist es schon lange her, dass sie gefahren kamen?«

»Es wird wohl eine Stunde sein. Aber sie warten schon, bis Ihr heimkommt, denn sie wollen Eure graue Stute kaufen.«

Es war seltsam. Konstantin verspürte an diesem Tage keinen Respekt vor dem Kirchenvorsteher, keine Scheu. Er wagte sogar, ein wenig mit ihm zu scherzen.

»Ich hörte auch, um wie viel sie Euch voriges Jahr übers Ohr gehauen haben, als sie Euch ein Pferd abkauften, und ich weiß, was die Stute wert ist und wie viel Ihr dafür kriegen könnt, wenn Ihr nicht nachgebt.«

Im selben Augenblick, in dem er das hervorge-
stoßen hatte, ging er auch schon weiter, der Kirche zu. Er ging rasch, ohne sich um seinen wun-
den Fuß zu kümmern.

Der Kirchenvorsteher rief ihm nach, aber Konstantin tat, als höre er nicht, und schritt rüstig aus.
Da kam der große schwere Mann hinter ihm her-
gelaufen.

Konstantin ging nur umso rascher. Es war ganz
gut, wenn der Kirchenvorsteher es für ein anderes
Mal lernte, den Stock in die andere Hand zu nehmen, wenn er jemand begrüßte.

Endlich befand er es für gut, stehen zu bleiben.
Der Kirchenvorsteher kam ganz außer Atem und
keuchend auf ihn zu.

Es könne doch nicht möglich sein, dass er so
viel wisse, wie er da flunkerte. Es habe ihm wohl
nur Spaß gemacht, dass ein alter Kerl sich zu-
schanden lief, um ihn einzuholen.

Konstantin machte ein beleidigtes Gesicht. Es
lohnte sich ja nicht, zu sagen, was er wusste, wenn
der Kirchenvorsteher glaubte, er löge.

Der Kirchenvorsteher musterte ihn mit einem
raschen Blick. Dann steckte er die Hand in die
Brusttasche, zog die Brieftasche heraus und zeigte
ihm einen Fünfkronenschein.

»Ich glaube nicht, dass du lügst«, sagte er. »Er-
zähle, was du gehört hast, dann sollst du den haben.«

Der Schuhmacherlehrling, der noch ohne Lohn arbeitete, wurde ganz heiß vor Eifer, als er einen so großen Schein erblickte. Das hätte Oest Samuel sehen sollen, er, der glaubte, dass Konstantin weder sehe noch höre, sondern nur im Schlaf umhergehe.

Nun erzählte er natürlich, was er wusste, und bekam auch die versprochene Belohnung.

Als er mit dem Fünfkronenschein in der Tasche weiterwanderte, begegnete er endlich Krus Erik.

Gleich fiel ihm der Spirrtus ein. Dies war die allerbeste Gelegenheit, ihn dem Meister zu geben. Die beiden waren jetzt mutterseelenallein auf dem Weg, und niemand sah und hörte sie.

Aber Konstantin ging an Krus Erik vorbei, ohne stehen zu bleiben –er grüßte nur und fügte hinzu, er wolle Barsche fischen gehen. Er habe sich gestern mit den Jungen vom Pfarrhof verabredet.

Der Spirrtus steckte in seiner Tasche, als wäre er festgenietet. Er sagte sich, ehe er ihn weggebe, müsse er doch erst selbst erproben, ob er etwas tauge.

Am Montagmorgen, als Konstantin wieder an dem niedrigen schmalen Schustertisch Krus Erik gegenübersaß, war ihm so jämmerlich zumute wie nie zuvor in seinem ganzen Leben.

Er war sich nun ganz klar darüber, dass er Krus Erik den Spirrtus abtreten müsse. Er wollte nichts mehr damit zu tun haben.

Den ganzen Sonntagnachmittag hatte er beim Fischen ganz merkwürdiges Glück gehabt. Einen großen Barsch nach dem anderen hatte er heraufgezogen, während die anderen Jungen, die mit ihm im Boot waren, gar nichts gefangen hatten.

Es war nicht so leicht zu sagen, woher das kam. Er wusste nur, dass er die ganze Zeit eifrig und wachsam gewesen war, während die anderen geplaudert und an weiß Gott was gedacht hatten.

Schließlich hatten die anderen sich geärgert, dass sie nichts fingen, und waren mitten in seinem besten Fischerglück heimgerudert. Und da das Boot und die Fischgeräte ihnen gehörten, hatten sie auch alle Barsche behalten. Wenn sie sich nicht darüber geärgert hätten, dass er allein Glück hatte, würden sie ihm vielleicht ein paar Fische gelassen haben. So aber musste er mit leeren Händen abziehen.

Dies war schon recht verdrießlich gewesen, aber noch Schlimmeres erwartete ihn, als er nach Hause kam. Oest Samuel war bei den Eltern gewesen und hatte sich über ihn beklagt. Er hatte einem guten Freund behilflich sein wollen, ein Pferd zu kaufen, das ganz so wie eines war, das er einmal gehabt hatte. Aber nun hatten sie für des Kirchenvorstehers graue Stute viel zu viel bezahlen müssen, und das war Konstantins Schuld.

Der Kirchenvorsteher hatte nämlich nicht den Verstand gehabt, über den Handel zu schweigen, sondern kaum war der Kauf glücklich abgeschlossen, erzählte er Oest Samuel, woher er wusste, wie hoch die Käufer gehen wollten. Und nun wussten die Eltern von dem Fünfkronenschein und der ganzen Sache.

Sie waren ganz verängstigt, weil er Oest Samuel erzürnt hatte. Was sollten sie anfangen, wenn er ihnen nicht mehr wohlgesinnt war?

Mutter konnte gar nicht verstehen, was in ihn gefahren war. Nie hatte er so etwas getan. Wie konnte es ihm einfallen, anderer Leute Geheimnisse zu verraten und sich dafür noch obendrein bezahlen zu lassen? Er war ein rechter Judas.

Die fünf Kronen hatte die Mutter an sich genommen, um sie dem Kirchenvorsteher zurückzugeben. Solches Sündengeld konnten sie nicht behalten.

Konstantin suchte sich noch selbst weiszumachen, er glaube gar nicht, dass diese Graberde irgendwelche Macht habe. Aber im tiefsten Innern war er doch überzeugt, dass sie die Schuld an allem trug.

Heute Morgen, als er von daheim fortgegangen war, war er fest entschlossen gewesen, sich des Teufelszeugs zu entledigen, sowie er nur Krus Erik träfe. Aber das Seltsame war, dass er es nicht vermocht hatte. Schon mehrere Male war er mit der Hand in die Tasche gefahren und hatte die Dose gefasst, um sie herzugeben. Aber immer wieder hatte es ihm leidgetan. Es war doch etwas daran, ein solches Ding sein eigen zu nennen und sich den Kopf darüber zu zerbrechen, ob es wirklich Macht hatte. Bisher hatte es nur Elend über ihn gebracht, aber dennoch schien es ihm ganz unmöglich, sich davon zu trennen.

Er war von diesen Gedanken so benommen, dass er schlechter arbeitete als sonst, und Krus Erik merkte es. Aber Krus Erik hatte eine prächtige Art, mit seinen Lehrlingen umzugehen. Er schalt sie nie, sondern er hatte seine kleinen Finten, die er anwendete, um sie zur Arbeit anzuhalten.

»Du, Konstantin«, sagte er, »ich habe nun zwei Paar Schuhe bezeichnet, die wollen wir heute fertig machen. Was meinst du, wenn wir um die Wette arbeiteten? Du machst das eine Paar und ich das andere, und dann wollen wir sehen, wer zuerst fertig wird.«

Der Spirrtus glitt wieder in die Tasche. Konstantin ging mit Feuereifer auf den Vorschlag ein. Das war einmal eine gute Gelegenheit zu erproben, ob das Teufelszeug zu etwas taugte.

Sie nahmen Messer, Hammer, Zangen, Leisten, Leder, Schuhgarn, Nägel, Pfriem, Ahle, kurz alles, was zur Schusterei nötig ist, und legten es vor sich hin. Dann zählte der Meister feierlich: »Eins, zwei, drei«, und der Wettkampf begann.

Sie schnitten das Oberleder zu, kleisterten das Futter mit Roggenmehlmasse fest, und während dies dann auf dem Herd trocknete, drehten sie das Schuhgarn zu hartem Draht und befestigten an den Enden Schweineborsten.

Damit wurden sie alle beide zugleich fertig, aber Krus Erik wunderte sich nicht wenig, als er sah, wie behänd Konstantin sich anstellte, als er den Faden drehte und die Borsten befestigte. Dies waren andere Griffe als seine gewöhnlichen.

Dann hieß es, die Sohle zuschneiden und einweichen, um dann leichter damit hantieren zu können.

Es war merkwürdig zu sehen, wie rasch Konstantins Messer durch das harte Leder schnitt.

Erik Erson hatte anfangs etwas langsamer gearbeitet als gewöhnlich, damit Konstantin nicht missmutig werde und die Hoffnung zu gewinnen aufgeben solle. Aber nun merkte er, dass er sich etwas mehr beeilen musste, wollte er nicht selbst zurückbleiben.

Sie nahmen nun Ahle und Pechdraht, um das Oberleder zusammenzunähen. Die Hände des Lehrlings bewegten sich so rasch wie Vogelflügel. Krus Erik verlangte die Arbeit zu sehen. Er fürchtete, dass Konstantin vor lauter Eile etwas zusammenpfuschte.

Doch Konstantin zeigte ihm eine Naht, die ganz gerade und gleichmäßig war, eine rechte Perlsticharbeit.

Keinen Augenblick war es Krus Erik in den Sinn gekommen, er könnte am Ende nicht Sieger in diesem Kampf bleiben. Aber nun begann er ein wenig nachdenklich zu werden.

Konstantin hatte schon einen Vorsprung. Und seine Finger bewegten sich so rasch wie bei einem, der auf einem Jahrmarkt Zauberkünste macht.

Als es zur Mittagsrast läutete, hatte Konstantin schon den ersten Schuh auf dem Leisten und klopfte jetzt auf die Sohle, um sie glatt und hart zu machen. Krus Erik war noch lange nicht so weit. Keiner von ihnen sah von der Arbeit auf, obgleich jetzt ihre freie Zeit war.

Konstantin dachte ganz flüchtig daran, wie er sich sonst zu freuen pflegte, wenn er ausruhen durfte, aber heute war es etwas anderes, heute ging die Arbeit ganz von selbst. Er wurde nicht müde, und nichts fiel ihm schwer. Er hatte früher gar nicht gewusst, dass es ein Spaß sein kann, zu arbeiten.

Sie wurden zum Mittagessen in die Küche gerufen. Als sie ein paar Bissen heruntergewürgt hatten, liefen sie, einer an dem anderen vorbei, wieder in die Gesindestube, wo sie ihre Werkstatt aufgeschlagen hatten.

Das andere Hofgesinde merkte, was da vorging. Und statt ihre Mittagsrast zu halten, stellten sich die Leute hin und sahen den zwei Schustern zu.

Alle hielten es zuerst für ausgemacht, dass Krus Erik als Erster fertig werden würde. Aber als sie ein Weilchen zugesehen hatten, begannen sie, ihre Meinung zu ändern. Einer nach dem anderen sagte zu Krus Erik, einen so tüchtigen Lehrling wie diesen habe er gewiss noch nie gehabt.

Krus Erik saß jetzt da und hämmerte Nägel in die Sohle. Er schlug ungleich und heftig, und alle sahen, dass er keine so gute Arbeit machte wie sonst.

Für Konstantin hingegen legte sich alles zurecht. Alles passte an die richtige Stelle. Jeder Hammerschlag traf.

»Das werden schöne Schuhe«, sagten die Leute. »Du kannst bald dein eigener Herr sein.«

Die Knechte gingen ihrer Wege, und die Schuhmacher arbeiteten, klopften und hämmerten schweigend weiter. Plötzlich stieß Krus Erik einen leisen Schrei aus. Er hatte daneben geschlagen, der Hammer hatte den Daumennagel getroffen.

Konstantin warf einen raschen Blick zu Krus Erik hinüber. Es gab niemanden, der so gut zu ihm gewesen war, so viel Geduld mit ihm gehabt hatte. Jetzt erst fiel ihm ein, dass es dem Meister vielleicht wehtun würde, wenn es sich zeigte, dass der Lehrling rascher und besser Schuhe machen konnte als er.

Der Alte sah ganz elend aus, wie er da saß und sich abrackerte.

Es war auch vielleicht kein ganz ehrlicher Kampf, Konstantin musste zugeben, dass er an einem anderen Tag, wo er keinen Spirrtus in der Tasche hatte, nicht so hätte arbeiten können.

Er merkte, dass Krus Erik sich nicht einmal die Zeit nahm, den Daumen ins Wasser zu stecken. Er hatte natürlich Angst, dass Konstantin einen zu großen Vorsprung gewinnen könnte.

Der Lehrling fühlte wohl, dass er den Meister schonen und ein bisschen langsamer arbeiten sollte, aber er konnte sich nicht daran halten – es war eine solche Arbeitslust über ihn gekommen.

Als die Uhr fünf schlug, standen beide Schuhe fertig vor ihm. Er schob sie zu Krus Erik hinüber.

Der Meister legte den Schuh, den er in der Hand hielt und der noch nicht fertig gesohlt war, beiseite. Er prüfte die Arbeit des Lehrlings lange und eingehend.

»Du brauchst heute nichts mehr zu machen. Du kannst nach Hause gehen«, sagte er still.

»Arbeiten wir morgen auch hier?«

»Ja, ich arbeite hier«, sagte Krus Erik. Und als er nun den Kopf hob, flog ein scharfer, hasserfüllter Blick zu Konstantin hinüber, »aber du nicht. Ich kann doch nicht mit einem Lehrling dasitzen, der besser arbeitet als ich selber.«

Konstantin erwiderte nichts, er nahm nur seine Mütze und ging auf die Tür zu. Auf der Schwelle drehte er sich um. Die Hand fuhr unwillkürlich in die Tasche, aber sie verblieb da, sie kam nicht wieder in die Höhe.

»Schönen Dank auch, behüte Euch Gott«, sagte er und schloss sachte die Tür hinter sich.

&

Konstantin stand im Mondschein daheim auf dem Hof und schoss mit einer Armbrust nach der Scheibe.

Er hatte sie sich vor langer Zeit einmal gemacht, als er etwa zwölf, dreizehn Jahre alt war, aber damals hatte er nie rechtes Glück mit dem Schießen gehabt. Es war noch nie vorgekommen, dass er das traf, worauf er zielte.

Jetzt hingegen schoss er einmal ums andere ins Schwarze einer kleinen Schießscheibe, die er auf die Scheunenmauer gezeichnet hatte.

Er sah prächtig aus, wie er dastand und schoss, und eine der Schwestern war herausgekommen, um ihm zuzusehen. Er prahlte und rühmte sich seiner Geschicklichkeit, wie er dies nie getan hatte.

Er fühlte eine unbändige Lust, sich auszuzeichnen, zu zeigen, wie behände und stark und geschmeidig er war. Er hoffte, dass auch Mutter ans Fenster treten und sehen würde, wie gut er schoss.

Aber im tiefsten Herzen hatte er eine Todesangst. Auf dieses Schießen war er nur verfallen, um nicht an Krus Erik und den Spirrtus und das ganze Elend denken zu müssen.

So unglücklich er auch war, fühlte er doch, dass er den Spirrtus mehr liebte als alles andere auf Erden. Es ging ihm wohl so wie den Leuten, die den Branntwein liebten. Sie konnten nicht davon lassen, wenn sie auch wussten, dass er sie zugrunde richtete.

Der Spirrtus hatte ihm nichts anderes als Unglück eingetragen. Aber dennoch fühlte er sich stolz und stark und zu allem Möglichen fähig, solange er ihn in der Tasche hatte.

Er hätte gern jemanden gefragt, ob es böse oder unrecht war, dass er den Spirrtus behielt. Doch mit Mutter getraute er sich nicht von so etwas zu sprechen, und Krus Erik war ihm ja böse.

Plötzlich hörte er zu schießen auf und wandte sich an die Schwester, die daneben stand und ihn betrachtete. Und in fliegender Eile erzählte er ihr all das Seltsame, das ihm widerfahren war.

Sie saß schweigend da, solange er sprach. Sie glich so ganz der Mutter, wie sie da saß und mit deutlichem Missfallen zuhörte.

Als er geschlossen hatte, drang sie darauf, das Ganze der Mutter zu erzählen.

»Du willst es ihr petzen?«

»Nein, aber ich will Mutter bitten, herauszukommen, damit du es ihr sagen kannst.«

Er verbot es ihr in höchster Unruhe, aber sie hielt an ihrem Vorhaben fest und stand auf, um ins Haus zu gehen.

»Tu das nicht, ich schieße auf dich«, rief er und hob den Bogen.

Sie drehte sich um, als er das rief. Er hatte schon den Pfeil auf den Bogen gelegt. Doch sie lachte ihn aus. Der Bogen war klein und schwach und der Pfeil ein Holzpflöckchen ohne Spitze. Nicht einmal einen Sperling hätte er mit dieser Waffe erlegen können.

»Schieße nur, so viel du willst, ich gehe doch zur Mutter«, sagte sie eigensinnig.

Im selben Moment kam der Pfeil herangeschwirrt und traf sie gerade ins Auge …

Sie lag lange krank, mehrere Monate musste sie im Hospital verbringen.

Als sie wieder heimkam, hatte sie nur ein Auge.

Während ihrer Abwesenheit war Konstantin wieder der Alte geworden. Er ging wieder zu Krus Erik in die Lehre. Er war artig und bescheiden, ein bisschen ungeschickt und gleichmütig, ganz wie früher.

»Du darfst nicht glauben, dass ich auf dein Auge gezielt habe«, sagte er. »Ich schoss auf den Dachfirst, aber als der Pfeil abflog, da war es, als hätte eine Hand darauf geschlagen, sodass er gerade auf dich losflog.«

»Ich habe gesehen, dass du nicht nach meiner Richtung geschossen hast«, sagte sie.

»Ich bin nachts mit ihm auf den Kirchhof gegangen. Ich hatte solche Angst vor ihm.«

Sie saß da und grübelte. Sie war seit dem Unglück ganz wie ein alter kluger Mensch geworden. Sie war kein Kind mehr.

»Ich möchte wissen, was es war«, sagte sie.

»Es war wohl nichts. Aber ich sehne mich nach ihm. Jeden Tag sehne ich mich nach ihm.«

»Ich denke«, sagte sie zögernd, »wenn du nur glauben würdest – wenn du dir nur einbilden könntest, dass du ihn hast, dann könntest du ebenso gut schießen und Schuhe machen, wie damals, als du ihn noch in der Tasche hattest.«

»Nein«, sagte er, »ich habe es versucht, aber es geht nicht. Es ist dasselbe, als wollte dir jemand sagen: Wenn du dir nur einbildetest, dass du dein Auge noch hast, würdest du ebenso gut sehen wie früher. Das sind Dinge, über die man selbst keine Macht hat.«

Eine alte Almgeschichte

Es war einmal eine Sennerin, die stand in ihrer Sennhütte und machte gerade Käse. Sie hatte beide Hände in dem Käseschaff und drückte zu so fest sie konnte, um die Molke aus dem Käse zu pressen.

Neben ihr auf dem Herd stand ein großer Kessel, der voll Molke war. Der quirlte und brodelte, sodass das Mädchen das Gefühl hatte, er leistete ihr gleichsam Gesellschaft in der tiefen Einsamkeit. Der Hirtenbub war mit den Kühen im Wald, und die Magd, die sie während des Sommers zur Hilfe gehabt hatte, war vor ein paar Tagen mit einem Teil der Herde heimgewandert. Eigentlich hätte sie auch schon im Tal sein sollen. Der Herbst war schon angebrochen, und alle anderen Sennhütten waren verlassen. Aber sie hatte bleiben müssen, denn bei der besten Kuh hatte sich das Kalben verzögert.

Während sie so dastand und dem Kessel zuhörte, kam es ihr vor, als ob er plötzlich seinen Ton änderte. Während er früher ganz freundlich und ruhig gebrodelt hatte, klang es nun unruhig und klagend. Es machte ganz den Eindruck, als wäre er über irgendetwas ungehalten.

»Was ist dir denn?«, fragte sie, während sie ihren Käse bearbeitete. »Stehst du nicht fest auf deinen Beinen, oder hast du nicht genug Feuer unter dir?«

Sie bückte sich und sah nach, aber der Kessel schien sich ganz vortrefflich auf dem Herd zu befinden. Ja, ein Herd war es nun eigentlich nicht, sondern nur eine große Steinplatte, die auf ein paar kleineren Steinen ruhte, aber sie pflegte ihn auf jeden Fall so zu nennen.

Es ist eine recht langwierige Arbeit, einen Käse zu machen. Und da das Mädchen gerade nichts anderes zu denken hatte, horchte sie wieder auf den Kessel. Noch immer klang es, als hätte er es schwer, er stand da und jammerte förmlich.

»Du liebe Zeit, so etwas habe ich doch den ganzen Sommer nicht von dir gehört«, sagte das Mädchen und lachte. »Es ist dir gewiss nicht recht, dass du hier im Wald bleiben musst, wo alle die Alm schon verlassen haben und Leute und Gerätschaften unten im Tal sind.«

Der Kessel ließ gar nicht mit sich reden. Er brummte und brodelte, zornig und böse. Und plötzlich kam der Sennerin der Gedanke, dass er doch ganz wie das alte Großmütterchen unten im

Bauernhof war. Das ging auch immer herum und warnte und eiferte und ärgerte sich, weil keiner sich darum kümmerte, was sie sagte.

Wieder fing sie zu lachen an.

»Du musst doch selbst einsehen, dass mir nichts anderes übrig blieb, wenn doch die Schellenkuh nicht gekalbt hatte und man es jeden Augenblick erwarten konnte«, sagte sie. »Aber jetzt ist ja alles glücklich überstanden, und wenn das Kalb erst so weit ist, dass es auf seinen Beinen stehen kann, dann packen wir zusammen.«

Aber der Kessel kam nicht in bessere Laune. Er brodelte und brummte weiter, von den langen, dunklen Abenden, von dem ewigen Regnen, von den durchweichten Wegen und von den Kühen, die sich im Nebel verirrten und im Moor versanken.

»Ich weiß wirklich nicht, warum Ihr so unwirsch seid«, sagte das Mädchen schließlich, und sie war jetzt so ganz in der Vorstellung befangen, zu ihrer alten Herrin zu sprechen, dass sie den Kessel nicht mehr duzte. »Ihr wisst doch, mir war es wahrhaftig nicht darum zu tun, allein im Wald droben zu bleiben, und Ihr wisst auch, wem zuliebe ich versuche, euch zu zeigen, dass ihr euch auf mich besser verlassen könnt als auf die anderen Dienstleute.«

Aber aus dem Kessel kam nur Lärmen und Tosen zurück.

»Jetzt ist sie mit allem anderen fertig«, sagte die Sennerin, »jetzt fängt sie von den Kobolden an. Das kann ich am Ton hören.«

Das Mädchen hatte, so wie andere auch, schon oft gehört, dass die Kobolde darauf lauerten, in die Sennhütten einzuziehen, sobald die Menschen sie im Herbst geräumt hätten. Das war ja auch nicht verwunderlich. Sie hatten es da in jeder Hinsicht besser als auf den Steinhalden und Reisighaufen, wo sie sich sonst aufzuhalten pflegten. Aber sie hatte keine rechte Angst vor den Kobolden. So viel Verstand mussten die doch wohl haben, dass sie sich fern hielten, solange noch Menschen und Herden auf den Almen waren.

Aber der Kessel beruhigte sich nicht. Es war wirklich die Stimme des Großmütterchens, das ihr einprägen wollte, was für gefährliche Kobolde es hier im Wald gab. Denn sie, das Großmütterchen, war einmal in ihrer Jugend nach den anderen auf der Alm zurückgeblieben, um auf eine Kuh zu warten, ganz wie jetzt sie selbst. Aber eines Abends, als sie draußen auf der Wiese gewesen war, um zu melken, hatte sie von einem Berg, der etwas weiter nördlich von der Weide lag, ein lautes Gebrüll gehört. Es kam wieder und wieder und wieder, und schließlich hatte sie die folgende Frage verstanden:

Du, du Bullidaus
Wann kommst aus dem Ameisenhaufen raus?

Das Großmütterchen merkte gleich, dass es der Kobold vom Nordfelsen war, der einen anderen Kobold, der in einem Ameisenhaufen wohnte, fragte, wann er in eine der Sennhütten einziehen würde. Und sie horchte genau nach der Antwort, um herauszubekommen, von welcher der Sennhütten die Rede war. Und richtig! Sie hörte, wie Bullidaus wie aus einer tiefen Grube antwortete. Es war nicht leicht, ihn zu verstehen, denn die Kobolde haben so brüllende, heisere Stimmen, dass man nur schwer die Worte von all den anderen Lauten unterscheiden kann. Aber sie brachte doch heraus, dass er ungefähr so sagte:

Kein Kalbel hat noch die Kuh
Und die Sigrid sperrt nicht zu.

Sigrid, das war eben sie, das Großmütterchen. Jetzt lauschte sie noch gespannter nach dem nächsten Ruf. Und sie hörte, wie der erste Kobold den zweiten unterwies:

Mit den Klauen zerreißen,
Auf den Ofen den heißen,
Dann gibt's was zu beißen.
Junges Mädel fett und frisch
Schmeckt besser als ein trockner Fisch.

Nun wusste das Großmütterchen, dass es die Absicht der Kobolde war, sie zu braten und zu essen, und wer nicht länger allein in der Sennhütte blieb, das war sie. Noch in derselben Nacht war sie mit der Herde daheim.

Zu Hause im Bauernhof hatten die Knechte und Mägde alle Mühe, das Lachen zu verkneifen, wenn das Großmütterchen von den Kobolden erzählte, die sie hatten braten wollen. Aber jetzt, wo die Sennerin mutterseelenallein dastand und an das Abenteuer dachte, schüttelte sie ein Schauer.

»Gott tröste uns«, sagte sie zum Kessel. »Ich glaube, Ihr wollt mir bange machen.«

Im selben Augenblick schnellte sie in die Höhe wie ein Fisch im See, denn sie hörte draußen Schritte.

Im ganzen Wald war kein Mensch außer ihr und dem Hirtenbuben, und der war weit weg. So war es wohl doch ein Kobold, der da herankam.

Nein, ein Kobold war es nicht, der die Tür aufriss und über die Schwelle trat. Es war schon ein Mensch, aber ob das nun besser sein sollte? Ein großer, langer Geselle, mit zottigem Haar und wirrem Bart. Nicht ein gewebtes Stück Zeug hatte er auf dem Leib, der Wald hatte alles hergeben müssen. Der Bär hatte ihm die Jacke geliefert, der Elch die Hosen, das Eichhörnchen die Mütze und die Birke die Rindenschuhe.

Er hatte einen langen Spieß in der Hand, und den schleppte er mit in die Stube herein. Nicht weniger als drei Messer staken in dem Bärenpelz.

Das Mädchen sah sofort, dass das einer der Bösewichte war, die vogelfrei im Wald lebten. An einen Gefährlicheren hätte sie kaum geraten können. Das war etwas anderes als dieser Bullidaus, der das Großmütterchen hatte auffressen wollen.

Da stand sie in der Stube, die nur ein einziges kleines Fensterchen und nicht mehr als eine Tür hatte, und konnte nicht entrinnen. Ihre Gedanken flogen hin und her, und es kam ihr in den Sinn, dass der Räuber vielleicht, gerade so wie die Kobolde, nur darauf aus sei, im Winter unter ein Dach zu kommen, und dass er gekommen sei, um nachzusehen, ob die Sennhütte schon verlassen wäre. Aber er konnte auch ein gefährlicheres Anliegen haben. Das Einzige, was dem Mädchen klar wurde, war, dass sie nicht rufen oder um Erbarmen bitten oder ihre Angst zeigen dürfe, denn dann war bei solchen Gesellen alles verloren.

Sie beugte sich daher über den Käse und arbeitete ohne aufzusehen aus Leibeskräften weiter drauflos.

Aber sie hörte, wie er zu ihr hergeschlichen kam, und plötzlich streckte er eine große, hässliche, haarige Hand aus, die den Griff eines langen Messers umklammert hielt.

»Hast du schon einmal ein schärferes Messer gesehen?«, fragte er zugleich mit jener Neckerei, wie sie die Katze gegenüber der Maus zu zeigen pflegt, wenn sie weiß, dass sie sie schon ganz in ihrer Gewalt hat.

War die Sennerin bisher nur ängstlich gewesen, so wurde sie jetzt auch zornig. Und daher kam es wohl, dass sie plötzlich ein Mittel fand, sich zu verteidigen. Sie griff nach dem Käseschöpfer, den sie verwendet hatte, um den Käse aus dem Topf zu schöpfen.

»Hast du schon einmal heißere Molke verspürt?«, rief sie zurück und schleuderte dem Waldräuber einen ganzen Schöpflöffel kochender Molke gerade ins Gesicht.

Messer und Spieß fielen ihm aus den Händen, und er taumelte zurück, bis er an der Wand eine Stütze fand. Da blieb er stehen, beide Handrücken auf die Augen gepresst, und stieß ein wildes Geheul aus.

Das Mädchen hob rasch das Messer auf und steckte es in ihr Kleid. Dann blieb sie neben dem Kessel stehen, da sie sah, dass dies ihr bester Schutz und Schirm war.

Schweigend hörte sie eine Zeitlang sein Geheul an, aber als es gar kein Ende zu nehmen schien, sagte sie ganz leise:

»Wenn du jetzt nicht gleich schweigst und dich trollst, kannst du noch einen Schöpfer voll haben.«

»Zu Hilfe, zu Hilfe!«, schrie da der Mann in höchstem Entsetzen. »Zu Hilfe, Toste! Hilf, Bärenheiner! Helft mir, Luder und Broms! Zu Hilfe, zu Hilfe!«

Im selben Augenblick glaubte das Mädchen zu spüren, wie das Getrappel schwerer Füße den Boden erschütterte, und jetzt hielt es sie nicht länger hinten beim Kessel, sondern sie eilte zur Fensterluke.

Da sah sie, dass fünf, sechs Kerle derselben Art wie der, den sie in der Stube hatte, in vollem Galopp den Wiesenabhang zum Wald hinuntereilten. Sie begriff nun, dass es eine ganze Räuberbande war, und dass einer von ihnen in die Hütte vorausgegangen war, um nachzusehen, ob sie leer sei. Als nun dieser schrie und um Hilfe rief, glaubten die anderen, dass er einem gefährlichen Feind begegnet sei, und anstatt ihm zu Hilfe zu kommen, liefen sie in den Wald.

»Die du rufst, laufen nur um so geschwinder, je mehr du schreist«, sagte das Mädchen zu dem Räuber.

Er verstummte plötzlich und stürzte mit ausgestreckten Armen auf sie zu, um sie einzufangen und zu zermalmen.

Der Angriff kam so plötzlich, dass sie ihn nicht mit einem neuen Schöpflöffel Molke empfangen konnte. Das Einzige, was sie zu tun vermochte, war, sich niederzuducken, und zu versuchen, unter seinem Arm durchzuschlüpfen, ungefähr so, wie man sich beim Blindekuhspiel flüchtet.

Er stürzte bis zur Wand vor und blieb da stehen und tastete, anstatt ihr nachzulaufen. Aber sie war nicht die, die sich erst lange den Kopf zerbrach, warum er sich so wunderlich anstellte. Sie dachte einzig und allein daran, dass der Weg zur Tür nun frei war und lief ohne viel Federlesens ins Freie. Glücklich draußen, warf sie flink die Tür zu, schob den Riegel vor, so gut sie konnte und floh dann in rasender Eile talwärts.

Sie glaubte nicht anders, als dass sie ihn auf den Fersen habe, denn der Riegel, den sie vor die Tür geschoben hatte, konnte einen großen starken Mann wohl nicht länger gefangen halten, als er selbst wollte. Und sie konnte sich ja denken, dass er versuchen würde, sie einzuholen. Er würde sie nicht ins Tal hinabkommen lassen, damit sie dort erzählte, dass eine ganze Räuberbande sich im Wald aufhielt.

Sie nahm sich nicht die Zeit stehen zu bleiben und sich umzusehen, ob er ihr nachkam, sondern lief nur immer weiter und weiter. Und die ganze Zeit war es ihr, als hörte sie ihn auf weichen Rindenschuhen hinter ihr herschleichen. Jeden Augenblick erwartete sie, dass er ihr Haar, das hinter ihr her flatterte, packen, sie zurückreißen und ihr das Messer an die Kehle setzen würde. Wenn sie die Herde zu treiben hatte, dann brauchte sie

mehr als einen halben Tag, um ins Tal hinunterzu-
kommen. Aber jetzt, wo sie allein war, ging es natürlich viel rascher. Jetzt ringelte sie sich durch
das Gestrüpp wie eine Schlange und machte Sätze
über die Moore wie ein Frosch und schoss über
den Weg wie ein Hase. Jetzt glaubte sie, dass sie
um die Mittagszeit unten sein würde.

Aber wie sie so an die Heimkehr dachte, machte sie plötzlich halt. Denn sie wusste, zu allererst
würden sie sie fragen, was mit dem Hirtenbuben
und den Kühen geschehen sei.

Sie biss die Zähne aufeinander und zog die Augenbrauen zusammen. Ein Weilchen stand sie da
und überlegte, aber dann machte sie kehrt. Das
Großmütterchen war nicht ohne die Herde heim-
gekommen, dazumal, als sie vor den Kobolden ge-
flüchtet war.

Nie mehr würde man ihr wichtigere Aufgaben
als dem anderen Gesinde anvertrauen, wenn sie
nicht zuerst an die Kühe dachte.

Wieder klomm sie den Berg hinan, den sie eben
in so großer Eile hinuntergestürzt war. Sie wagte
es nicht, über den gebahnten Pfad zu gehen, sondern sie schlich sich durch die Waldwildnis, und
dies machte den Weg nicht leichter. Wer konnte
auch wissen, an welcher Stelle im Wald der Hirtenbub sich mit der Herde aufhielt.

Sie fand ihn jedoch schließlich. Die Kühe wei-
deten ruhig und friedlich, und kein Räuber hatte

sich in der Nähe gezeigt. Nun hieß es, die Wanderung ins Tal noch einmal antreten. Es war unendlich mühselig, die Herde durch offenes Wiesenland zu treiben, wenn man schnell vorwärts kommen wollte. Eine Kuh nach der anderen irrte ab, sodass sie ihr nachlaufen, sie rufen und locken musste. Das kleine Kälbchen konnte nicht den ganzen langen Weg laufen, sie und der Hirtenbub mussten es abwechselnd tragen.

Sie war ganz bleich und erschöpft, als sie schließlich daheim in der Hütte stand. Es war schon dunkel geworden, und die Leute saßen in guter Ruh' beim Abendbrot. Sie wäre am liebsten jemandem um den Hals gefallen und hätte geweint, als sie herein zu den Menschen kam, die sie beschützen konnten. Aber jetzt war keine Zeit, an derlei zu denken. Jetzt musste sie erst rasch erzählen, was sich begeben hatte, damit sie ihr dann hülfen, die Kühe im Stall anzubinden.

Alle Leute in der Stube sprangen vom Tisch auf, als sie hereinstürzte. Sie brauchten ja nur einen Blick auf sie zu werfen, wie sie da in die Stube hereingeschossen kam, mit gelöstem Haar, ein blankes Messer in der Hand, um zu wissen, dass sich etwas Schlimmes im Wald begeben haben musste. Anfangs wagte niemand, sie zu fragen, was ihr widerfahren war, sondern sie warteten darauf, dass sie von selber zu reden anfing. Aber sie war so außer Atem, dass sie nur dastand und keuchte, ohne ein Wort hervorbringen zu können.

»Hat sich eine Kuh unten im Schwarzsumpf verlaufen?«, fragte das Großmütterchen. Sie war die Einzige, die sich entschloss, eine Frage zu stellen.

Das Mädchen konnte noch immer nicht antworten. Sie schüttelte nur den Kopf und wehrte mit der Hand ab.

»Du siehst aus wie meine Tochter, als sie unser bestes Pferd über die Almwiese rennen sah, mit einem Bären auf dem Rücken«, sagte das Großmütterchen.

Nein, nein, das Mädchen zeigte durch deutliche Zeichen, dass es auch nichts der Art war.

Da musste das Großmütterchen das Schlimmste vermuten.

»Sind die Kobolde über dich gekommen?«

Aber das sagte sie mit einem solchen Gesicht, dass das Mädchen beinahe in Lachen ausgebrochen wäre, und damit kam sie wieder zu sich, sodass sie erzählen konnte, was sie eigentlich so erschreckt hatte.

»Es war schon was Ärgeres als die Kobolde«, sagte sie. »Droben auf der Alm ist eine ganze Räuberbande.«

Und sie erzählte, wie der Räuber in die Sennhütte gekommen war, und wie wunderbar es sich gefügt hatte, dass sie hatte entkommen können.

Sie waren alle ganz erstaunt und voll Besorgnis um sie. Sie vergaßen ganz, nach der Herde zu fragen. Sie waren nur froh, dass sie einer so großen Gefahr entronnen war, ohne Schaden zu leiden.

Aber plötzlich sah sie, wie der Sohn des Großmütterchens, der Bauer, seine Axt von der Wand nahm. »Jetzt müssen wir aber alle in den Wald hinauf, wir anderen, die Herde und den Hirtenbuben heimholen«, sagte er.

»Die Herde«, sagte die Sennerin, und jetzt war sie so froh, dass sie hätte lachen können, »die steht hier unten vor dem Gatter, ich möchte euch nur bitten, dass ihr sie in den Stall bringen lasst. Denn ich glaube, heute kann ich's nimmer.«

Nun sahen sie sie alle mit großen Augen an. Sie kamen auf sie zu und gaben ihr die Hand und dankten ihr, das Großmütterchen und ihr Sohn, der der Bauer war, und ihr Enkel, der es eines Tages werden sollte. Sie begegneten ihr mit solcher Achtung, als hätte sie ihnen plötzlich verraten, dass sie die Tochter des höchsten Mannes im Lande war.

Es war Frühling, und Ragnhild wanderte den Weg zur Alm hinauf. Sie war jetzt keine Sennerin mehr, sondern eine wohlbestallte Bauersfrau. Am zweiten Weihnachtsfeiertag war sie mit Egil, dem

Enkel des Großmütterchens getraut worden, und nun ritt sie auf einem Pferd, an der Spitze des Zugs. Sie saß rücklings auf dem Pferd, mitten unter Kochgeschirr und Milchbutten und lockte die Kuhherde mit hohen Hirtenrufen. Egil ging daneben und führte ihr das Pferd. Der Hirtenbub, die Magd und ein paar Knechte gingen hinter der Herde einher, schwere Lasten auf dem Rücken tragend.

Als sie alle Weideplätze hinter sich gelassen hatten und durch den Föhrenwald kamen, gingen die Kühe williger vorwärts, ohne dass man sie erst locken musste. Da begann Egil mit Ragnhild zu sprechen:

»Ich kann's nicht recht begreifen, Ragnhild, dass du auch in diesem Jahr durchaus auf der Alm sein willst«, sagte er. »Manchmal glaube ich, du vergisst ganz, dass du mein Weib bist, und dich nicht mehr zu plagen brauchst wie die Dienstleute.«

Aber Ragnhild streckte die starken Arme in die Luft und lachte. »Was sollte ich mit denen da anfangen, wenn ich nicht arbeiten würde?«, fragte sie. »Glaub mir, es ist gerade heute recht nötig, dass ich auf die Alm komme. Die Leute würden immer nur an die Räuber denken, und ich glaube kaum, dass wir sie in den Wald hinauf gebracht hätten, wenn ich mich nicht entschlossen hätte, selbst oben zu bleiben.«

»Das kann schon wahr sein«, gab er zu, »aber wenn ich es mir so recht überlege, wie gefährlich das für dich werden kann, dann glaube ich nicht, dass es recht von mir ist, wenn ich dir deinen Willen lasse. Du kannst dir doch denken, dass der Räuber noch im Wald ist und versuchen wird, sich an dir zu rächen.«

Die Frau lachte nur. »Es soll Leute geben, die ganz bange werden, wenn sie nur in einen Wald kommen«, scherzte sie, »und mir scheint, du gehörst zu denen. Aber ich sage dir, mir wär's eine rechte Freude, wenn ich diesem Räuber begegnen könnte. Ich möchte ihm danken, weil er mein ganzes Glück begründet hat. Dir wäre es doch nie im Leben eingefallen, mich zu heiraten, wenn er mir nicht zu Hilfe gekommen wäre.«

»Wenn wir doch lieber gleich hinaufgegangen wären«, fuhr der Mann fort, ohne sich von seinen Befürchtungen losmachen zu können, »und versucht hätten, ihn zu fangen. Aber Vater und Großmutter waren ja dagegen und sagten, dass es besser für uns Bauern ist, mit den Waldräubern nicht in Streit zu kommen. Jetzt werde ich den ganzen Sommer herumgehen und diesen Kerl nicht aus meinen Gedanken bringen.«

»Was fällt dir ein«, sagte die Frau, »du weißt doch, ich habe immer Glück.«

»Ja, du, das Glück«, sagte der junge Ehemann immer niedergeschlagener, »das ist oft nur wie solch ein Fleischstück, das ich den Wölfen zur Lockung hinlege, damit sie mir so nahe kommen, dass ich sie erschießen kann. Gerade, wenn einem alles nach Wunsch gegangen ist, soll man aufpassen, ob das Unglück nicht im Hinterhalt liegt, um einen zu Fall zu bringen.«

»Ich glaube, du siehst Gespenster – gerade wie das Großmütterchen«, sagte die Frau. »Das ist das erste Mal, dass ich merke, dass ich einen rechten Hasenfuß zum Mann habe.«

Sie kamen jetzt zu einer scharfen Steigung, Ragnhild sprang vom Pferd, und sie gingen schweigend, bis der Weg ebener wurde. Die Frau begann nun zu merken, dass der Mann ernstlich bekümmert war, und sie überlegte, wie sie ihn beruhigen sollte.

»Sage mir doch, ob du findest, dass ich mein Glück missbraucht habe«, sagte sie.

»Nein, nein, so meine ich es nicht«, sagte er. »Aber ich habe so oft an das mit den Wölfen gedacht. Es ist ganz, als wären sie blind, wenn sie das große Stück Fleisch sehen. Sie sollten doch den Verdacht haben, dass etwas, das so offen in ihrem Weg liegt, gefährlich sein könnte, aber sie sagen gewiss zueinander: Heute haben wir Glück, und stürzen sich darauf.«

»Aber du meinst doch nicht, dass es mit uns Menschen ebenso ist«, sagte die Frau und sah ihn fast erschrocken an. »Sollte es jemanden geben, der uns das Glück hinlegt, nur damit wir alle Vorsicht vergessen und in eine Falle gehen?«

»Ja, ja, mir scheint, es sieht manchmal so aus«, sagte der Mann.

Wieder wurde der Weg steinig und steil. Auch Ragnhild begann es schwer ums Herz zu werden. Sie ging ganz langsam und ließ einen Knecht das Pferd führen. Die Kühe mochten vorausgehen, sie wollte Zeit haben zu überlegen, was am besten zu tun war, denn sie begann schon zu merken, dass sie dem Mann zuliebe darauf verzichten musste, auf der Alm zu bleiben. Er würde sich sonst so sehr ängstigen, dass er jede Stunde des Tages unglücklich sein würde.

»Wenn du mich nicht auf der Alm arbeiten lassen willst, dann muss ich wohl nach Hause zurückkehren«, sagte sie schließlich. Als sie ihm dieses Versprechen gegeben hatte, wurde der Mann sogleich sehr froh. Am liebsten hätte er sie sofort mit heimgenommen, ohne auch nur bis zur Alm zu gehen, aber das war ja unmöglich. Er musste sich damit zufrieden geben, dass sie am nächsten Tage mit hinunter in den Bauernhof kam.

Ragnhild war ein wenig ärgerlich darüber, dass sie hatte nachgeben müssen. Und um dem Mann zu zeigen, wie wenig Angst sie vor dem Räuber hatte, begann sie ihm zu erzählen, dass sie in diesem Winter öfter daran gedacht hatte, wie es wohl ihm und seinen Kameraden oben in ihrer Sennhütte ergehen mochte. Ja, sie hatte sogar nicht übel Lust gehabt, ihm Proviant hinaufzuschicken. Wohl zum Teil aus Dankbarkeit, weil er ihr dazu verholfen hatte, das zu erreichen, was sie sich am Inbrünstigsten gewünscht hatte.

»Das hätte ein gefährlicher Spaß für dich werden können«, sagte der Mann. »Es heißt, Bären wissen, was Dankbarkeit ist, aber nie habe ich gehört, dass diese wilden Waldräuber etwas davon verstehen.«

»Es war auch nicht nur deshalb«, sagte Ragnhild. »Auch, damit ich aufhörte, von ihm zu träumen. Er kam manchmal im Traum zu mir und setzte mir das Messer an die Kehle und befahl mir, ihm etwas zu essen zu geben. Eines Nachts träumte mir, ein Hund stehe vor unserer Tür und bellte. Ich öffnete, aber da hatte der Hund plötzlich das Gesicht dieses Mannes bekommen. Und ich machte ganz geschwind die Tür wieder zu und sperrte ihn aus. Da heulte er vor Hunger so grässlich, dass ich den Laut noch im Ohr hatte, als ich aufwachte.«

»Nun ja, das ist ja nicht zu verwundern, dass du von dem, der dich so erschreckt hat, träumtest«, sagte der Mann, aber er beschleunigte dabei seine Schritte und sah nun wieder unruhig und ängstlich aus.

»Wir sind zurückgeblieben«, fuhr er fort, »wir sollten doch zugleich mit den anderen in die Sennhütte kommen, damit es beim Auspacken keine Unordnung gibt.«

Ragnhild folgte ihm, während sie weitererzählte.

»Ein paarmal habe ich daran gedacht, dich zu bitten, dass du Leute mitnimmst und auf die Alm hinaufgehst.«

»Ja, das hättest du tun sollen«, sagte der Mann rasch.

»Aber du kannst doch begreifen, dass ich es nicht sagen wollte. Ich wollte doch nicht, dass du einer Räuberbande entgegen gehst, damit ich meine bösen Träume los werde.«

Der Mann beschleunigte seine Schritte noch mehr, und es ging jetzt so steil aufwärts, dass die Frau ganz außer Atem kam, wenn sie sprach, aber sie redete doch weiter.

»Einmal, da ging ich wie im Schlaf herum und wusste nichts von mir. Da steckte ich, ohne dass es jemand merkte, Proviant in ein Ränzel und hängte es über den Rücken und ging in den Wald hinauf. Erst als ich auf dem Hügel über unserem Hof war, wachte ich auf. Ich begriff nicht, wie es mir hatte einfallen können, aber ich wusste, dass ich die Absicht gehabt hatte, den Räubern oben in der Sennhütte etwas zu essen zu bringen. Natürlich kehrte ich gleich wieder um und lief heim, so rasch ich nur konnte.«

Der Mann antwortete nichts. Er eilte nur immer weiter. Sie musste förmlich laufen, um mit ihm Schritt halten zu können.

»Hätte ich dir das vielleicht früher erzählen sollen?«, fragte sie, als sie seine Unruhe bemerkte,

»Ja«, sagte er beinahe hart. »Das hättest du mir viel früher erzählen sollen.«

»Nie kam ein Holzhauer oder Köhler aus dem Wald herunter«, fuhr sie fort, »ohne dass ich ihn fragte, ob er nicht an unserer Sennhütte vorbeigekommen sei und die Räuber gesehen habe. Aber alle antworteten mir, dass sich dort kein Mensch habe sehen lassen.«

»Weißt du noch, was ich vorhin sagte?«, fragte Egil. »Nun glaube ich, ist es dir ergangen wie den Wölfen. Du hast nicht auf das geachtet, was dir zur Warnung gesandt war. Du bist zu sicher gewesen. Du bist in die Falle gegangen.«

Er eilte jetzt so rasch vorwärts, dass sie kaum folgen konnte, und erklärte seine Worte nicht weiter. Sie begriff nicht, was er fürchtete, aber seine Angst steckte auch sie an, während sie sich anstrengte, ihm zu folgen.

Endlich waren sie so weit, dass sie die Almwiese sahen. Die kleinen Hütten lagen gerade so da, wie sie sie im vorigen Herbst verlassen hatten, und nichts Schlimmes schien vorgefallen zu sein. Herde und Hirten zogen eben in guter Ordnung über den Weg zu den Hütten.

Doch nun merkten Mann und Frau plötzlich etwas Wunderliches. Als die Kühe auf die Wiese zwischen den Häuschen kamen, begannen sie einander mit den Hörnern zu stoßen, nicht zum Spaß, sondern wild und zornig, als wollten sie sich gegenseitig töten. Sie kämpften gegeneinander und stießen sich in lichter Raserei zu Boden.

»Was ist denn in die Kühe gefahren?«, schrie Ragnhild. Aber Egil antwortete nicht. Er eilte nur in großen Sprüngen den Weg hinauf und stürzte sich mitten in den Haufen.

»Nur fort mit ihnen! Treibt sie wieder in den Wald!«, schrie er den Leuten zu, und mit wütenden Hieben gelang es ihm endlich, die Schar zu zerstreuen und fortzutreiben. Sobald sie von der Wiese fort waren, beruhigten sie sich und gingen still wie gewöhnlich den Weg hinunter.

Als die Herde vertrieben war, ging Egil auf die Sennhütte zu und öffnete die Tür, aber er trat nicht über die Schwelle. In einem Augenblick stand er wieder bei Ragnhild, er war sehr bleich.

Ragnhild hatte nun auch die Almwiese erreicht. Sie war auf einen Stein niedergesunken, ihr war, als könnte sie kein Glied mehr rühren.

»Sag, Egil, was ist das für ein Geruch, den ich hier spüre?«, fragte sie. »So pflegt es doch nie im Wald zu riechen.« Er wagte nicht zu antworten. Aber sie fragte gleich darauf: »Warum sitzt so eine lange Reihe Raben auf dem Dach, Egil?«

»Ragnhild«, sagte der Mann, und seine Stimme zitterte vor Schmerz, weil er ihr etwas so Schweres sagen musste. »Wir wollen gleich wieder nach

Hause wandern. Wir können die Sennhütte in diesem Jahr nicht benützen. Dieser Mann, dem du die Molke ins Gesicht geschüttet hast, ist sicherlich gleich blind geworden. Er hat aus der Hütte nicht herauskommen können, und seine Kameraden sind ihm nicht zu Hilfe gekommen. – Liebste, du darfst es dir nicht zu Herzen nehmen. Es war ein böser Räuber. Er kam herein, um dich zu töten. Du hast keine Schuld daran, dass es so gekommen ist. Nein, geh nicht in die Sennhütte! Er ist den ganzen Winter drinnen gewesen. Er ist noch da.«

Die Frau sprang auf. Der Mann griff nach ihr, aber sie war ihm zu rasch. Sie erreichte die Sennhütte, riss die Tür auf und sah hinein.

Gleich darauf erklang ihr Lachen schrill und schneidend. Sie stürzte laut lachend heraus, mit hocherhobenen Armen.

»Hast du schon einmal ein stärkeres Glück gesehen?«, schrie sie. »Hast du je ein stärkeres Glück gesehen?«

Sie stürzte in den dunklen Wald, und als der Mann sie fand, da war sie wahnsinnig.

Das heilige Bild in Lucca

Vor langer, langer Zeit begab es sich einmal, dass ein armer Häusler und seine Frau über die Hauptstraße von Palermo gingen. Die Frau führte einen Esel, der mit zwei Gemüsekörben beladen war, und der Mann ging hinterher und trieb mit einem Stock das Tier an. Wie sie so ihres Weges zogen, sahen sie einen Mönch, der an einer Straßenecke stand und predigte. Er war von einer großen Volksmenge umgeben, und man hörte eine Lachsalve nach der anderen.

»Lieber Mann«, sagte die Frau, »wenn du so willst wie ich, so bleiben wir ein paar Augenblicke stehen und hören diesem Mann Gottes zu. Es scheint ein lustiger Kauz zu sein, und ich hätte nichts dagegen, den Tag mit einem fröhlichen Lachen zu beschließen.«

»Meine Treue, ich auch nicht«, sagte der Mann. »Die Arbeit ist ja für heute zu Ende, warum sollten wir uns eine kleine Zerstreuung versagen, da sie auch nichts kostet?«

Sie drängten sich durch die Volksmenge, aber als sie nahe genug herangekommen waren, um die Gesichtszüge des Redners unterscheiden zu können, waren sie ganz betroffen. Er war sicherlich kein Gaukler, wie sie zuerst geglaubt hatten, sondern er stand da und redete mit der allerfeierlichsten Miene, was jedoch keineswegs verhinderte, dass alle, die ihm lauschten, sich vor Lachen geradezu krümmten.

»Wie in aller Welt kann das zusammenhängen?«, fragte die alte Frau verwundert. »Dieser Mönch sieht doch ganz andächtig aus, warum lachen denn alle Menschen über ihn?«

Einer der Umstehenden hatte die Frage der armen Frau gehört. »Ihr dürft euch nicht wundern, dass wir lachen«, sagte er. »Dieser Mönch ist aus Lucca in Italien, und er bettelt um Geld für ein Heiligenbild, das in einer Kirche dort in der Stadt sein soll. Er versichert, das Bild sei so mächtig, dass es jede Gabe, die man ihm darbringt, hundertfach vergälte. Kann man sich etwas Lächerlicheres denken?«

»Ich bin nur ein ungelehrter Landarbeiter«, flüsterte der alte Mann seiner Frau zu. »Darum verstehe ich wohl auch nicht, weshalb er dies so lächerlich findet.«

Sie drängten immer näher, und endlich konnten sie mit eigenen Ohren hören, wie der Mönch beteuerte, wenn jemand dem heiligen Bild des Gekreuzigten, das in der Domkirche zu Lucca verwahrt werde, eine Gabe darbringen wolle, groß oder klein, so werde sie ihm hundertfach vergolten werden.

Der Mönch gab seine Versicherung mit dem treuherzigsten Gesicht der Welt ab, aber die Städter konnten sich nichts anderes denken, als dass er scherze. Mit jedem Wort, das er sprach, wurden die Lachsalven immer lauter und die Witze immer freier.

»Ich kann diese Stadtleute wahrhaftig nicht verstehen«, sagte die arme Frau. »Sehen sie denn nicht, was für ein prächtiges Angebot man ihnen macht? Ich wünschte nur, ich hätte etwas, das ich diesem Bild geben könnte.«

»Du hast ganz recht«, stimmte der Mann zu. »Sieh dir nur den Mönch an! Das ist ein ehrlicher und glaubwürdiger Mann, der weiß, was er sagt. Wenn ich einer dieser reichen Stadtleute wäre, ich würde keinen Augenblick zögern, dem Bild mein ganzes Vermögen zu geben, um es verhundertfacht wiederzubekommen.«

»Lieber, guter Mann«, rief jetzt die Frau, »mache doch Ernst mit dem, was du sagst! So ganz bettelarm sind wir ja nicht. Haben wir nicht unseren Gemüsegarten, unsere Hütte und unseren alten Esel? Es käme ja keine große Summe heraus, wenn wir das alles verkauften, aber denke dir, dass sie dann auf einmal ums Hundertfache vergrößert würde! Dann wären wir gewiss so reich, dass wir bis ans Ende unserer Tage unser Auskommen hätten.«

»Du nimmst mir das Wort aus dem Mund«, erwiderte der Mann. »Wir haben uns unser ganzes Leben lang geplagt und abgerackert, ohne darum reicher zu werden. Jetzt kommt die Zeit heran, wo wir uns nicht mehr selber erhalten können. Wir dürfen diese Gelegenheit nicht versäumen, uns ein sorgenfreies Alter zu verschaffen.«

Hiermit war ihr Beschluss gefasst. Am nächsten Tag gingen sie zu ihrem Nachbarn, einem reichen und verständigen Landwirt, und fragten ihn, ob er ihnen nicht ihre Hütte, ihren Garten und ihren alten Esel abkaufen wolle.

Der reiche Bauer hatte sich schon längst gewünscht, das kleine Stückchen Erde zu besitzen, das dicht an seinen Hof angrenzte, und war darum über den Antrag sehr erfreut. Aber ehe er den Kauf abschloss, wollte er, wie es einem guten Nachbarn geziemt, doch in Erfahrung bringen, wovon die alten Leute zu leben gedächten, nachdem sie ihr bisschen Hab und Gut veräußert hätten.

»Nein, weiß Gott«, rief er, als er gehört hatte, wie sie ihr Geld anzulegen gedachten, »ich habe mir lange euren Garten gewünscht, um einen Weg hindurchlegen zu können, aber ich kann es nicht verantworten, eurem Wunsch zu entsprechen, wenn ich höre, in welch törichter Weise ihr den

Erlös anzuwenden gedenkt. Ihr seid doch mehr als dreißig Jahre meine Nachbarn gewesen, und ich will nicht zu eurem Unglück beitragen.«

Da erklärten ihm die beiden Alten noch einmal, dass sie von einem Mönch gehört hatten, das heilige Bild habe die Macht, ihnen alles hundertfach zu vergelten.

»Warum nicht gleich tausendfach?«, sagte der Nachbar. »Derlei sagen alle Mönche lediglich aus alter Gewohnheit, ohne zu erwarten, dass jemand ihre Worte ernst nimmt.«

Der Bauer erhob alle Einwände, die ein ehrlicher Mann in einem solchen Fall vorbringen muss. Erst als die beiden Alten drohten, ihr Anwesen einem der anderen Nachbarn anzubieten, gab er nach und kaufte ihnen alles für eine Summe von dreißig Gulden ab, die er ihnen aus einem Lederbeutel aufzählte.

»Seht her«, sagte er, »hier ist das Geld, aber kommt dann nicht und gebt mir die Schuld, wenn alles dahin ist und euch kein anderer Ausweg bleibt, als betteln zu gehen.«

»Lieber Nachbar«, sagte die alte Frau, »wenn Ihr uns wiederseht, dann haben wir hundertmal so viele Gulden wie heute. Warum sollten wir dann Euch oder irgendeinem anderen damit zur Last fallen, um Almosen zu bitten?«

»Nun«, sagte der Bauer und lachte, »Ihr seid so verrückt, dass es sich gar nicht lohnt, ein vernünftiges Wort mit euch zu reden. Sagt mir jetzt nur, was ihr fürs Erste zu tun gedenkt?«

»Was wir zu tun gedenken«, wiederholte der Arme. »Aber lieber Nachbar, was sollten wir anderes tun, als mit unserer Gabe nach Lucca wandern und sie vor dem heiligen Bild niederlegen?«

»Ich glaube wahrhaftig, dieser Mönch war ein Hexenmeister, der euch den Kopf verdreht hat«, sagte der Bauer mit großer Heftigkeit. »Wie könnt ihr euch einbilden, ein Heiligenbild könne euch in dieser Weise bar bezahlen? Und warum sollte gerade euch in so wunderbarer Weise geholfen werden und allen anderen nicht? Seht, ich habe eine Tochter, die liegt seit mehr als einem Jahr krank danieder. Wenn ihr wüsstet, wie viel ich für sie der Santa Rosalia di Palermo und anderen Heiligen geopfert habe! Aber glaubt ihr, mir wäre geholfen worden? Nein, ich sage euch, keiner der Heiligen hat einen Finger für sie gerührt. Sie geht jetzt wohl bald von mir, und dann ist es für mich in diesem Leben mit aller Freude vorbei.«

Als der reiche Mann dies gesagt hatte, winkte er seinen Nachbarn zum Abschied zu und ging rasch in sein Haus, denn er war nahe daran, in Tränen auszubrechen.

Die beiden Armen blieben einen Augenblick stehen und sahen ihm nach.

»Ja, es ist schon wahr – von Sorgen bleibt keiner verschont«, sagte die Frau und wischte sich die Augen. »Vergiss nur nicht, lieber Mann, dass wir das heilige Bild bitten wollen, sich unseres lieben Nachbars anzunehmen, warum seine Gebete nicht erhört werden. Er ist ein guter Mann, und verdient es wohl, sein Lieblingskind am Leben zu behalten.«

Das alte Paar ging nun, von seinem treuen Esel zärtlichen Abschied zu nehmen, und dann gab es nichts mehr, das sie in der Heimat zurückhielt, und sie konnten die Wanderung nach Lucca antreten.

Da sie jedoch um keinen Preis die dreißig Gulden angreifen wollten, mussten sie den ganzen Weg zu Fuß zurücklegen. Um Essen und Nachtherberge zu bekommen, blieb ihnen nichts anderes übrig als zu betteln. Es war also keine leichte Reise, aber sie schlugen sich doch ohne eigentliche Schwierigkeiten durch, bis sie nach Messina kamen, wo sie eine Fähre nehmen mussten, um über die Meerenge zu kommen, die Sizilien vom Festland trennt. Als sie an den Hafen kamen, bemerkten sie sogleich eine kleine Fähre, die für Reisende bestimmt schien, welche zu Fuß gingen und kein großes Gepäck hatten. Sie wollten ohne Weiteres einsteigen, wurden aber von dem Fährmann, einem armen Galeerensklaven, der mit starken Fesseln an sein Fahrzeug geschmiedet war, abgewiesen.

»Nein, nein, meine Mitchristen! Keiner von euch kommt mir hier herauf, eh ihr nicht jeder einen halben Gulden für die Überfahrt bezahlt habt.«

Er hatte sich, so gut es ging, auf der Ruderbank ausgestreckt und warf nun einen recht unwirschen Blick auf die frommen Wanderer, denn sie waren gerade in der heißesten Mittagsglut zur Fähre gekommen, wo sonst aller Verkehr aufzuhören pflegte; und in dieser Zeit hatte der Fährmann das Recht auf ein paar Stunden der Ruhe.

»Mein Freund«, sagte der arme Mann. »Ich merke, dass du uns für Bettler hältst, die von dir übergesetzt sein wollen, ohne etwas dafür zu bezahlen. Aber so verhält es sich keineswegs. Wir sind im Gegenteil auf der Wanderung nach Italien begriffen, um unser Geld zu verzinsen, und wenn wir zurückkommen, dann werden wir so reich sein, dass wir dir fünf Gulden bezahlen können, wenn du es wünschest. Hilf uns nur diesmal umsonst übers Wasser. Du wirst es nicht zu bereuen haben.«

Der Galeerensklave hob den Kopf ein wenig, warf ihnen aus halbgeschlossenen Augen einen flüchtigen Blick zu und legte sich wieder zurecht.

»Ihr seht mir gerade danach aus, als ob ihr Geld zum Verzinsen hättet.«

»So wahr ich lebe«, sagte der arme Mann, »ich habe nicht weniger als dreißig Gulden in meinem Beutel. Aber ich will sie nicht anrühren, weil sie für einen bestimmt sind, der alles, was man ihm gibt, hundertfach zurückzahlt. Du kannst dir also denken, dass ich die Summe jetzt nicht verringern will, sondern dir die Überfahrt lieber bezahle, wenn ich wiederkomme.«

Der Fährmann hob den Kopf mit etwas größerer Teilnahme.

»Wer ist denn das, der hundertfach zurückbezahlt?«, fragte er.

»Wer sollte es sonst sein als das heilige Bild in Lucca?«, rief der Arme.

Da brach der Galeerensklave in bitteres Lachen aus.

»Ich will euch etwas sagen. Mir ist freilich von der Obrigkeit befohlen, von jedem, den ich übers Wasser führe, einen halben Gulden zu verlangen. Aber jetzt in meiner freien Zeit habe ich das Recht, euch ohne Bezahlung überzusetzen. Dankt mir nun nicht dafür, denn es wäre viel barmherziger, euch nicht weiterzuhelfen, aber ich habe keine Lust, barmherzig zu sein, und darum sollt ihr nach Italien hinüberkommen. Seid ihr einmal dort, so findet ihr vielleicht auch den Weg nach Lucca, und dort werdet ihr schon sehen, wie man euch hereingelegt hat.«

Er winkte ihnen, in das Boot einzusteigen. Auf der ganzen Überfahrt sagte er kein Wort, aber als sie in Reggio anlegten, begann er aufs Neue mit seinen bitteren Reden.

»Da ihr so sicher darauf vertraut, dass dieses Bild euch helfen wird, will ich euch sagen, dass niemand mehr Gebete zum Himmel gesandt haben kann als ich, der ich hier an die Ruder festgeschmiedet sitze. Und ich hätte auch Hilfe finden müssen, denn ich sitze hier nicht eines Verbrechens wegen, das ich begangen habe, sondern infolge eines ungerechten Urteils. Die Mächtigen im Himmel müssten in einem solchen Fall doch Hilfe bringen. Aber ich merke nichts davon, dass es einem von ihnen eingefallen wäre, etwas für mich zu tun.«

Als die beiden Armen das Boot verlassen hatten und das Ufer hinaufgingen, bemerkte die alte Frau, die Welt sei doch reicher an Schmerz und Unglück, als sie je geglaubt hätte.

»Ja«, sagte der Mann, »sie ist wahrlich von Betrübten erfüllt. Denke daran, liebe Frau, dass wir nicht vergessen dürfen, das mächtige Bild zu fragen, warum dieser Mann nicht Erhörung finden und von seinen Leiden befreit werden kann.«

Hierauf schlugen sie den Weg nach Norden ein und wanderten wochen- und monatelang. Endlich eines Tages, um die Abendzeit, kamen sie in eine Stadt, von der man ihnen sagte, dass dies Lucca sei.

»Lieber Mann«, sagte die alte Frau, als sie zum Stadttor hineingingen, »wie bin ich doch froh, dass wir am Ziel unserer Wanderung angelangt sind. Wenn du so willst wie ich, begeben wir uns also gleich in die Domkirche. Ich kann weder Rast noch Ruhe finden, bis ich das heilige Bild gesehen habe.«

»Du hast ganz recht«, sagte der Mann. »Aber wenn wir dem Bild noch heute unsere Gabe überreichen sollen, müssen wir uns sehr sputen. Es ist schon so spät am Tag, dass es nicht lange dauern kann, bis die Abendandacht in den Kirchen zu Ende ist, und die Türen geschlossen werden.«

Obgleich sie nach der Wanderung eines ganzen Tages sehr müde waren, beschleunigten sie doch ihre Schritte, und als sie so weit kamen, dass sie die Mauern des Doms sahen, begannen sie zu laufen. Aber sie kamen doch zu spät. Der Sakristan, dem die Sorge für die Kirche oblag, stand eben auf der Kirchentreppe, und steckte, als sie herankamen, das schwere Bund mit den Kirchenschlüsseln in den Gürtel.

»Ach, Herr Sakristan, Herr Sakristan«, begann die Alte, denn sie war es, die zuerst anlangte. »Wollt Ihr Euch nicht unser erbarmen und uns nur für ein paar Augenblicke in die Kirche einlassen. Ihr wisst nicht, wie weit wir gewandert sind. Wir kommen aus Palermo, um dem heiligen Bild, das sich hier befindet, eine Gabe darzubringen.«

»Herr Sakristan«, rief der alte Mann, seine Frau unterbrechend. »Wir sind keine Bettler. Hier seht Ihr einen Beutel mit dreißig Gulden, den wollen wir Eurem wundertätigen Bild schenken, weil wir wissen, dass es uns alles hundertfach zurückzahlen wird.«

Sie waren so eifrig, dass sie den Sakristan am Mantel fassten, um ihn zurückzuhalten. Aber ihre Heftigkeit brachte den Kirchenhüter auf die Vermutung, dass er es mit ein paar Wahnsinnigen zu tun habe.

»Was fällt euch ein? Die Kirche ist für heute geschlossen. Vor morgen früh wird keine Messe gelesen.«

»Lieber Freund«, sagte die Frau. »Wir wollen ja keine Messe hören. Wir haben Priester und Kirchen genug in Sizilien, dazu hätten wir nicht den langen Weg hierher wandern brauchen. Wir kommen einzig und allein, um Eurem heiligen Bild dreißig Gulden zu geben, weil wir wissen, dass es alle Gaben, die man ihm bringt, hundertfach zurückzahlt.«

Die arme Frau sprach mit noch größerer Sicherheit als gewöhnlich, weil sie nun an die Stätte gekommen war, wo sie sicher war, Verständnis zu finden. Aber der Sakristan schien über ihre Behauptung ebenso verwundert wie alle anderen.

»Lieber Herr Sakristan«, sagte die Frau, »Ihr müsst ja doch wissen, wie sich die Sache verhält. Ein Mönch aus dieser Stadt hat unten in Palermo von diesem Bild erzählt.«

»Ich versichere euch, meine lieben Freunde, dass ich nichts weiß, und dass ich kein Wort von dem, was ihr sagt, verstehe. Erzählt nur einmal alles ordentlich der Reihe nach. Ihr seht ja aus wie kluge, verständige Leute, aber ihr sprecht, als wäret ihr von Sinnen.«

Während sie nun ihre Geschichte von Anfang an erzählten, dachte der Kirchenwächter:

»Wenn diese Menschen so eigensinnig sind, dass sie die Wanderung von Palermo bis Lucca gemacht haben, um dem heiligen Bild das Geld zu bringen, dann nützt es ja nichts, wenn ich es ihnen abschlage, die Kirche zu betreten. Sie werden sich ja doch nicht zufrieden geben, bis ich ihnen das Tor öffne.«

Und so nahm er das Schlüsselbund aus dem Gürtel und schickte sich an, die Kirchentür zu öffnen, während er seinen letzten Versuch machte, sie aus ihrem Irrtum zu reißen.

»Ach, meine Freunde«, sagte er, während er an den schweren Riegeln zerrte, »es ist wohl wahr, dass sich in dieser Kirche ein altes Bild des Gekreuzigten befindet, aber es ist in ganz verfallenem Zustand. Es hängt unbemerkt an einer Säule, und niemand, der in die Kirche kommt, pflegt seine Gebete an dieses Bildnis zu richten. Ich kann darauf schwören, in all den fünfundzwanzig Jahren, die ich Sakristan an der Domkirche bin, hat es keine Wunder gewirkt.«

Die Alten waren über diese Auskünfte höchst verwundert.

»Ach, meine Freunde«, fuhr der Sakristan fort, »wenn dieses Bild solche Macht hätte, wie ihr sie ihm zuschreibt, dann müsste es doch wenigstens diesem Rosenbusch helfen können, der hier an der Kirchenmauer steht. Früher einmal war es meine größte Freude zu sehen, wie er blühte. Die ganze Ecke bis zum Turm hinauf bekleidete er mit den schönsten Rosen, aber jetzt hat er seit einigen Jahren ganz aufgehört, Blüten zu treiben. Ich gieße und pflege ihn so gut ich kann, und er sieht auch ganz frisch und grün aus. Ich kann nicht verstehen, warum es mir nie mehr vergönnt ist, ihn in seiner herrlichen Blütenpracht zu sehen.«

Er seufzte tief und sah wirklich so betrübt aus, dass die beiden armen Wanderer versprachen, sobald sie vor dem heiligen Bild ständen, es zu befragen, warum der Rosenbusch keine Rosen mehr trage. Aber der Sakristan schien ihren Worten keinerlei Beachtung zu schenken.

»Eilt euch jetzt nur«, sagte er, indem er die Kirchentür öffnete. »Ich bleibe hier draußen und warte auf euch. Nichts ist leichter als das Bild zu finden, es hängt an der Säule, die der brennenden Lampe zunächst steht.«

Die beiden Alten waren freilich von seinen Erklärungen betroffen, aber ihr Glaube war keineswegs erschüttert, und kaum sahen sie die Tür geöffnet, als sie auch schon in die Kirche eilten. Aber drinnen angelangt, blieben sie wieder stehen, denn in dem altertümlichen Gotteshaus, das nur ganz wenige und sehr schmale Fenster hatte, herrschte schon tiefe Dunkelheit. Ganz weit vorne schimmerte freilich ein rotes Flämmchen, aber sie wussten nicht, wie sie dahin gelangen sollten, ohne an Säulen und Grabdenkmäler anzustoßen.

Die alte Frau machte einen Schritt vorwärts, aber sie wäre fast über eine Stufe gefallen und blieb ganz erschrocken stehen.

»Lieber Mann«, sagte sie. »Das nenne ich wirklich Unglück! Zu wissen, dass das heilige Bild nur ein paar Schritte weit ist, und nicht zu ihm gelangen zu können!«

»Verhalte dich nur ein paar Minuten still, bis unsere Augen sich an die Dunkelheit gewöhnt haben«, flüsterte der Mann, denn er war von der Heiligkeit der Stätte zu sehr ergriffen, um ein lautes Wort zu wagen.

In diesem Augenblick kam es ihnen vor, als ob das rote Flämmchen, das vorne in der Kirche brannte, sich entzweispalte. Die eine Hälfte begann in der Kirche hin und her zu schweben, und überall, wo sie hinkam, flammten plötzlich die Wachskerzen auf, auf den Altären und in den Kronleuchtern, sodass die Finsternis sich rasch erhellte.

»Ach, lieber Mann«, sagte die alte Frau, »siehst du, man zündet schon Lichter an. Bald wird es keine Kunst mehr sein, zu dem heiligen Bild hinzufinden.«

»Liebe Frau«, sagte der Mann, »der Sakristan war uns doch freundlicher gesinnt, als es den Anschein hatte. Er ist durch die Sakristei hereingekommen, um Lichter anzuzünden, damit wir den Weg finden.

Nur eines kann ich nicht verstehen, dass er sich uns zuliebe so viel Mühe macht. Zwei, drei Kerzen wären doch genug gewesen, aber siehst du, er zündet nicht nur am Hochaltar Licht an, sondern auch in den Seitenkapellen und den Nischen.«

So war es wirklich. Die ganze Kirche strahlte von Licht. Die beiden waren jedoch in diesem Augenblick so von dem Gedanken an das wundertätige Bild erfüllt, dass sie gar nicht mehr nachdachten, weshalb so viele Flammen brannten und wer sie wohl entzündet hatte.

»Es ist ja möglich, dass hier ein Heiligenfest gefeiert werden soll«, sagte die Alte. »Auf jeden Fall bin ich froh, dass so viele Kerzen brennen. Es ist mir immer noch einmal so andächtig zumute, wenn ich in einer Kirche so viele Kerzenflammen sehe. Weißt du was: Ich wünschte nur, dass hier auch die Orgel gespielt würde.«

Kaum war dies gesagt, als ein leises Brausen von Tönen von der Orgelempore her erklang.

»Nein, aber höre doch nur«, sagte der Mann. »Ich glaube, heute Abend geht dir jeder Wunsch in Erfüllung. Und wie schön man in dieser Kirche spielt! So herrliche Musik habe ich nicht einmal im Dom von Palermo gehört.«

»Es ist so holdselig, dass man glauben könnte, ein Engel spielte«, sagte die Alte, »aber Geringeres hätte ich auch in dieser Kirche nicht erwartet. Nun wünschte ich nur noch, dass sie auch von Weihrauchduft erfüllt wäre, denn die duftenden Weihrauchwolken lassen mich immer fühlen, dass ich mich in einem heiligen Raum befinde.«

Kaum hatte die Frau zu Ende gesprochen, als der alte Mann mit Staunen in der Stimme ausrief:

»Hast du je einen so herrlichen Wohlgeruch geatmet. Das ist doch der feinste, mildeste, lieblichste Weihrauch, den ich je gespürt habe.«

Sie sahen niemanden, der Weihrauchgefäße schwang, ebenso wenig bemerkten sie auf der Orgelempore einen Organisten, aber sie versuchten auch gar nicht herauszufinden, woher all dies kam. Sie lebten nur in dem Gedanken an das heilige Bild. Sie hatten sich nun aufgemacht um zu ihm zu gelangen, aber sie wanderten sehr langsam den Hauptgang hinunter, denn es wäre ihnen unschicklich vorgekommen, irgendwelche Eile zu zeigen.

Als sie ungefähr in der Mitte der Kirche angelangt waren, blieben sie stehen, denn über den Gang kam ihnen jemand entgegen. Es war eine hohe, liebliche Frauengestalt, in ein blaues Kleid und einen roten Mantel gehüllt. Sie trug ein Krönchen aus Perlen und Edelsteinen auf dem Kopf und reiche Geschmeide um Arme und Hals.

Sie grüßte die alten Leute mit dem allerfreundlichsten Lächeln, etwa wie eine Dame es zeigt, die geehrten und ersehnten Gästen entgegengeht, und fragte sie, was sie so spät am Tag noch in der Kirche suchten.

»Hochgeehrte Frau Königin«, sagte die alte Frau mit freudiger Stimme, denn ein so gutes und schönes Antlitz glaubte sie noch nie erblickt zu haben. – »Wir sind hergekommen, ich und mein Mann, um unser Opfer vor dem heiligen Bild des Gekreuzigten niederzulegen, das an einer Säule hier in der Kirche hängen soll.«

Hierauf begannen die Alten, wie es ihre Gewohnheit war, ihre ganze Geschichte zu erzählen, von der Abendstunde an, wo sie den Mönch in der Hauptstraße von Palermo predigen gehört hatten, bis zu ihrer Begegnung mit dem Sakristan draußen auf der Kirchentreppe.

Die Fremde betrachtete sie mit großem Wohlwollen, aber es schien ihnen, dass ihr Antlitz einen immer traurigeren Ausdruck annahm, je weiter die Erzählung fortschritt.

»Ach«, sagte sie, als sie alles zu Ende angehört hatte, »es steht mir nicht an zu sagen, ob eure Hoffnungen sich erfüllen werden, aber ich fürchte das Schlimmste. Nichts ist so selten, wie dass Gott den Wünschen der Menschen willfahren kann. Ihre Qual kann ihnen ja als Strafe für irgendeine Missetat auferlegt sein.

Seht nun zum Beispiel den Sakristan hier draußen an«, fuhr sie fort. »Er klagt darüber, dass ein Rosenstrauch, der ihm sehr lieb ist, keine Rosen mehr trägt, aber er bedenkt nicht, dass dies eine Mahnung für ihn selbst sein soll. Seit Jahr und Tag lässt er die vielen Heiligenbilder, die ihr hier rings um euch seht, ganz und gar verfallen und denkt nicht daran, die Vergoldung an ihren Kronen aufzufrischen oder die Schäden gutzumachen, die ihnen bei den vielen Prozessionen so leicht zugefügt werden. Er findet es hart, dass Gott ihm nicht zu seiner ersehnten Freude verhilft. Aber zuerst muss er einsehen, dass er, der verlangt, dass Gott ihm zuliebe den Rosenstrauch mit Rosen schmückt, es nicht versäumen darf, die Bilder von Gottes heiligen Männern und Frauen, die seiner Obhut anvertraut sind, in all ihrer Herrlichkeit und Pracht erstehen zu lassen.«

»Ach ja«, sagte das alte Paar seufzend, »wir hätten uns ja denken können, dass es sich so verhalten muss. Sicherlich haben wir schwerer gesündigt als er. Aber wir sind hierhergekommen, im Vertrauen auf das Versprechen, das man uns gab.«

Die schöne Frau vor ihnen hob die Augenbrauen ein wenig, aber fuhr dann mit derselben sanften Stimme fort:

»Es ist eine schöne Sache um einen festen Glauben. Aber dies allein ist nicht genug, damit Gott eure Gebete erhört. Ihr könnt euch ja leicht etwas wünschen, das euch selbst zum Schaden gereichte.

Ihr habt mir eben von dem armen Galeerensklaven erzählt, der eine Fähre zwischen Messina und Reggio hin und her rudert«, fuhr sie fort. »Noch vor wenigen Jahren war er ein reicher Kaufmann, und er war auch ein guter Mann, der niemandem etwas zuleide tat, aber er war so sehr auf das Wohl und die Genüsse des Leibes erpicht, dass er sich die furchtbarsten Krankheiten zugezogen hätte und wahrscheinlich schon längst tot wäre, wenn Gott ihm nicht dieses Unglück gesandt hätte. Es begab sich nämlich, dass ein Dieb eine edelstein-geschmückte Krone von einem Marienbild im Dom stahl, und um den Verdacht von sich abzulenken, brach der Dieb einen der Edelsteine aus der Krone aus und steckte ihn dem reichen Kaufmann in die Tasche. Dieser Stein wurde bei ihm gefunden, man beschuldigte ihn, die Krone der Madonna gestohlen zu haben, und all seinen Unschuldsbeteuerungen zum Trotz wurde er verurteilt, an die Fähre festgeschmiedet, sein Leben lang Reisende über die Meerenge zu befördern. Nichts wäre leichter, als ihm zu helfen, denn der Dieb hat die Krone in einer Ecke des Dachbodens der Kirche versteckt. In demselben Augenblick, in dem sie zum Vorschein käme, wäre die Unschuld des Kaufmanns bewiesen, und er würde freigelassen. Aber wie soll Gott dies zulassen, ehe er nicht anderen Sinnes geworden ist. Würde ihm früher geholfen, so würde er ja gleich sein altes Leben wieder anfangen und dem sicheren Verderben entgegengehen.«

»Liebe, gnädigste Frau«, sagte der alte Mann, »wir sind froh, dass dies der Grund ist, weswegen dieser Mann unter seinem ungerechten Urteil leiden muss. Wir haben uns wohl selbst gedacht, dass es sich in ähnlicher Weise verhalten müsse. Was nun uns selbst betrifft, so wissen wir freilich nicht, ob das, was wir uns wünschen, uns zum Frommen oder zum Schaden gereichen würde, wir haben eben nur dieses Versprechen, auf das wir bauen.«

Wieder hob die holde Erscheinung vor ihnen eine Augenbraue, wie vor Ungeduld über ihre Hartnäckigkeit, dann fuhr sie jedoch mit einer Stimme fort, die nur umso milder klang, je länger sie sprach:

»Es ist etwas sehr Gutes, einen festen Glauben zu besitzen. Aber es ist doch nicht gewiss, dass Gott nur deshalb eure Gebete erhören kann. Es mag ja sein, dass er euch zuerst lehren will, mit dem Guten zufrieden zu sein, das euch beschieden ist.

Mir fällt dabei euer Nachbar ein, der reiche Bauer aus der Umgebung von Palermo«, fuhr sie fort. »Außer der Tochter, die krank ist, hat er noch eine andere. Aber diese ist hässlich und ein wenig missgestaltet, und darum hat er sie immer schlecht behandelt. Sie ist dabei aber klug und gut und arbeitsam und macht sich ihm in jeder Weise nützlich. Ihre Leiden haben Gott gerührt, sodass er diese Krankheit über ihre Schwester verhängt hat. Und obgleich sie sehr leicht zu beheben wäre – denn sie rührt nur von einem vergifteten Kamme her, den eine böswillige Araberin ihr verkauft hat –, muss sie doch vielleicht daran sterben, wenn ihr Vater nicht lernen kann, seine beiden Kinder gleich zu lieben. Die Kranke brauchte nur aufzuhören, sich mit dem gefährlichen Kamm zu kämmen, um allmählich zu genesen, aber dies wird nicht eher geschehen, als bis ihr Vater gelernt hat, die gute Gabe, die Gott ihm in seiner hässlichen Tochter gegeben hat, auch recht zu schätzen.«

»Wahrlich«, rief die alte Frau, »je länger ich Euch sprechen höre, gute, gnädigste Frau, desto fester bin ich von Gottes Weisheit und Gerechtigkeit überzeugt. Sicherlich haben wir beiden Alten oftmals versäumt, ihm für alle seine Wohltaten zu danken, aber wir vertrauen doch trotz allem auf das Versprechen, das man uns gegeben hat.«

Bei diesen Worten überstrahlte das holdeste Lächeln das Antlitz der edlen Frau, und indem sie den beiden Alten winkte, ihr zu folgen, sagte sie:

»Ich habe euch gewarnt, meine Freunde, aber ich sehe, dass es unmöglich ist, euch von eurem Vorhaben abzubringen. Denkt doch noch einmal daran, wie schwer es ist, Erhörung zu finden, bevor ihr all euer Hab und Gut weggebt!«

Ohne eine Antwort abzuwarten, führte sie sie zu einer Säule und wies in die Höhe. Da hing ganz oben an der Decke ein großes Kreuz aus dunklem Holz, und daran war ein Christusbild befestigt, das sich ganz anders darstellte als alle Bilder des Gekreuzigten, die sie bisher gesehen hatten, sodass sie sich an ihre Begleiterin wandten, um sich zu vergewissern, ob sie sich das Richtige ansahen.

»Dieses Bild ist sehr alt«, sagte sie, »und sehr schlecht erhalten, aber dennoch stellt es meinen Sohn dar, den gekreuzigten Heiland.«

Die beiden Alten waren so darin vertieft, das heilige Bild zu betrachten, dass sie nicht in diesem Augenblick, sondern erst später die ganze Bedeutung ihrer Worte erfassten.

»Lieber Mann«, flüsterte die alte Frau, »der Heilige dort oben macht mir fast bange mit seinen breiten Augenbrauen und seinen tiefen Augen. Mir wird ganz ängstlich zumute, weil er ohne Bart abgebildet ist. Ich kann ihn nicht wiedererkennen.«

Sie wunderten sich auch, dass der Gekreuzigte in einen kurzen Rock von irgendeinem schwarzen Zeug gehüllt war, und einen Gürtel um den Leib trug und Holzsandalen an den Füßen. Das Bildnis war auch sehr verstaubt und hatte sicherlich jahrelang da gehangen, ohne dass es jemandem eingefallen war, nach ihm zu sehen.

»Ihr seid gewiss recht unruhig«, sagte ihre Begleiterin. »Ihr hattet erwartet, dass der Mächtige, der euch helfen soll, ein ganz anderes Aussehen haben würde.«

»Liebe, gnädigste Frau Königin«, sagte der alte Mann, »wir denken nichts dergleichen. Wir sind froh, dass wir ihn nicht gleich erkennen konnten. Wir wissen, dass es ebenso war, als er noch hier auf Erden wandelte: Er war seinem Äußeren nach gering, und die Menschen verstanden nicht sogleich, dass er Gottes Sohn war.«

Da kehrte das Lächeln in vollster Klarheit auf dem Antlitz der fremden Frau wieder.

»So überreicht ihm denn eure Gabe«, sagte sie.

Ohne ein Wort weiter zu sagen, sanken die beiden Alten in die Knie und neigten den Kopf auf den steinernen Boden.

»O Christus, Gottes Sohn«, sagten sie, »nimm unsere Gabe und höre unsere Bitte. Sieh hier diese dreißig Gulden, die wir erhielten, als wir unser Gärtchen verkauften, unsere Hütte und unseren alten Esel. Wir haben sie aus Sizilien hierher getragen, weil wir wissen, dass du jede Gabe, die man dir darbringt, hundertfach vergiltst. Bitte lasse uns unseren Glauben und schenke uns so viel, dass wir ein sorgenloses Alter genießen können!«

Während sie dies sagten, löste der Mann den Beutel mit den dreißig Gulden von seinem Gürtel und schob ihn zu der Säule, die das Kreuz trug.

Noch einmal wiederholten sie dieselben Worte, ohne den Kopf zu heben, aber plötzlich hörten sie ein leichtes Knacken über sich. Sie blickten auf und sahen, dass das Holzbild den einen Arm und den einen Fuß von den Nägeln, die sie durchbohrten, befreit hatte.

Die alte Frau umklammerte heftig die Hand ihres Mannes, aber keiner von ihnen sagte ein Wort. Ihre Herzen klopften in seliger Erwartung. Sie waren nun sicherer denn je, dass ihre Gebete erhört werden würden.

Aber das Christusbild löste mit einem raschen Griff die Holzsandale von seinem Fuß und ließ sie zu den Betenden herabfallen. Dann nahm es seine gewohnte Stellung wieder ein und sah mit derselben strengen und betrübten Miene von seinem Kreuz herab auf sie nieder wie zuvor.

Es war alles das Werk eines Augenblicks, und sie hätten dem Zeugnis ihrer Augen nicht getraut, hätte nicht vor ihnen auf dem Boden die Sandale gelegen.

Es war eine ganz gewöhnliche Sandale mit Holzsohle und Lederriemen. Weder Stein noch Schmuck war daran, sie war ganz wertlos. Die edle Frau, die noch immer neben ihnen stand, glaubte zu bemerken, dass die beiden Armen sich in ihren Erwartungen getäuscht sahen.

»Ach«, sagte sie mitleidig, »diese Sandale hier ist wahrlich eine schlechte Vergeltung für eure große Gabe. Aber noch ist es ja nicht zu spät. Ihr könnt sie liegen lassen, wo sie liegt und eure Gulden wieder zurücknehmen.«

Da sahen sie die beiden Alten beinahe vorwurfsvoll an.

»Wo denkt Ihr hin, liebe, gnädigste Frau?«, sagten sie. »Das heilige Bild hat uns sicherlich so viel gegeben, als es in seiner Armut vermag. Es hat ein Wunder getan, um uns diese Sandale zu schenken. Die ist wohl tausendmal mehr wert als unsere armseligen Gulden.«

Kaum hatten sie dies gesagt, als das Angesicht der hohen Frau von dem zärtlichsten Lächeln erhellt wurde.

»Ihr seid meines Sohnes rechte Diener«, sagte sie, »und ihr sollt euch in eurem Vertrauen zu ihm nicht getäuscht haben. Die unschuldigen Wünsche frommer Menschen kann Gott allezeit erfüllen.«

Während sie so sprach, wurde sie von einem solch klaren Glanz umstrahlt, dass die Alten ihre Augen schließen mussten. Als sie sie wieder öffneten, herrschte Dunkelheit in der Kirche, die Lichter waren erloschen, das Orgelspiel hatte aufgehört, und die strahlende Frau, die eben noch vor ihnen gestanden hatte, war verschwunden.

Aber sie hatten gar keine Zeit, über die Veränderung zu staunen. Nicht einen Augenblick waren sie allein. Die Kirchentür wurde aufgerissen, und der Sakristan kam hereingestürzt.

»Ihr lieben, heiligen Wanderer«, rief er, »welches Wunder! Ich habe es gesehen, ich saß auf der Treppe und wartete auf euch, aber als ihr so lange ausbliebt, stand ich auf und guckte durch das Schlüsselloch. Da sah ich euch in Strahlen überirdischen Lichts dahingehen, und die heilige Mutter Gottes, die sonst auf einem Altar hier vorne thront, war herniedergestiegen und ging an eurer Seite. Dann sah ich, wie sich der Gekreuzigte über euch neigte, um euch seine Sandale zu schenken. Ach, ihr müsst gleich mit mir zum Herrn Bischof kommen!«

Er führte sie zum Bischof, der im Kapitelsaal saß, umgeben von seinen Domherren.

Und der Sakristan erzählte, und die beiden Alten erzählten, und endlich wurde es den frommen Herren klar, welch großes Wunder sich begeben hatte.

Da beeilte sich der Bischof, seinen Schatzmeister heranzuwinken.

»Mein Freund«, sagte er, »ich will die Sandale, die diese guten Menschen in so wunderbarer Weise von dem heiligen Bild empfangen haben, mit dreitausend Gulden bezahlen, wenn sie sie mir verkaufen wollen. Ich will nicht, dass sie aus Lucca fortkommt.«

Als das Geld aufgezählt und dem alten Mann in die Hand gelegt war, fuhr der Bischof fort:

»Ehe ihr nun Lucca verlasst, fordere ich euch auf, mit uns anderen dabei zu sein, wie das heilige

Bild auf seinen rechten Platz über dem Hochaltar gebracht wird, aber dann sollt ihr schleunigst denselben Weg zurückgehen, den ihr gekommen seid, und alles, was ihr auf eurer Wanderung erlebt habt, einem jeglichen erzählen, der es hören will. Ich freue mich, dass nun durch euch der Galeerensklave von seinen Rudern erlöst und eures guten Nachbars Tochter von ihrer Krankheit geheilt werden wird, so wie ich auch gewiss bin, dass der Sakristan nicht versäumen wird, den Rosenbaum der Kirche wieder blühen zu lassen.«

Er verstummte einen Augenblick, dann breitete er die Hände über die beiden Alten aus.

»Ihr seid die Weisen, und wir sind die Toren«, rief er. »Auch wir wissen, dass Gott allmächtig ist. Aber wer von uns wagt es, auf seinen Beistand zu vertrauen? Danket Gott, der euch die Gabe des Glaubens gegeben hat. Das ist die größte seiner Segnungen.«

Das Wasser
in der Kirchenbucht

Vor einigen hundert Jahren lebte im Jössespren-
gel in Värmland ein ungewöhnlich starker, stren-
ger Propst, der sich nach besten Kräften mühte,
die Jössehäringer zu frommen und gottesfürchti-
gen Menschen zu machen. Nicht genug damit,
dass er ihnen Trunksucht und Rauflust abzuge-
wöhnen trachtete, auch das Schmuggeln nach
Norwegen und anderes Unrecht – das hatten
schon viele Geistliche vor ihm versucht – nein, er
verbot ihnen auch, die mächtigen Geister in Feld
und Wald und Wasser anzubeten und zu fürchten,
und dies war etwas, woran die geistlichen Herren
sich sonst hüteten zu rühren.

Die früheren Pfarrer hatten wohl gedacht, wo
es nun einmal Hexen im Wald und Nixe im Strom
und Heinzelmännchen im Hause gab, so könne
man es auch den Leuten nicht verwehren, sich vor
ihrer Arglist zu schützen – entweder durch Opfer
oder dadurch, dass man einen Vertrag mit ihnen

abschloss. Aber von solchen Dingen wollte der jetzige Propst nichts hören. Gott und sein Wort, das war das Einzige, woran die Menschen sich zu halten hatten. Tat man dies, so brauchte man nicht zu glauben, dass es etwas anderes gebe, das die Macht habe, einem zu schaden oder einen ins Verderben zu stürzen.

Obgleich der Propst ein gewaltiger Prediger war, so war es doch von Anfang an klar, dass all seine Reden gegen die Unterirdischen in den Wind gesprochen sein mussten. Die meisten Zuhörer fürchteten nur, dass er die Naturgeister gegen sie aufreizen würde, und es entstand eine solche Feindschaft gegen ihn, dass er auch in allem anderen, wofür er eiferte, keinerlei Erfolg hatte. Schließlich kam es so weit, dass alles, dem er entgegenwirken wollte, geschätzt und geehrt wurde – aber um Gottes Sache stand es mit jedem Tag, den er im Kirchspiel blieb, nur immer schlimmer.

Gerade um die Zeit, als er von all dem Misserfolg, der ihn getroffen hatte, ganz niedergeschlagen war, ging er eines Abends aus, um sich durch einen Spaziergang zu erquicken. Sein Haus lag am Seeufer, und er ging seinen gewöhnlichen Weg über die Landstraße zur Kirche und wieder zurück. Zu wiederholten Malen sah er über den See hin, der gefroren und schneebedeckt dalag, und dachte dabei an die Mühe, die die Frühlingssonne sich geben musste, um das Eis zu schmelzen. Es war damit noch nicht weit gediehen. Er sah sogar, dass ein paar Schlitten über den blankgefahrenen Weg glitten, der vom Pfarrhof abzweigte und quer über den See zum benachbarten Kirchspiel führte.

Aber was sollte es die Sonne verdrießen, wenn es auch langsam ging, das Eis aufzutauen? Sie war doch auf jeden Fall sicher, dieses Vorhaben zustande zu bringen. Wenn er für sein Teil nur diese Zuversicht gehabt hätte, dass auch seine Arbeit von Erfolg gekrönt sein würde, dann wollte er nicht nach Widerstand oder Beschwerden irgendwelcher Art fragen.

Mitten auf dem Weg faltete er die Hände und wandte den Blick zum Himmel. »Oh Gott«, sagte er, »wenn du siehst, dass meine Arbeit nie Früchte tragen wird, so gib mir ein Zeichen, und ich will aufhören, Priester zu sein. Ich schwöre dir, ich bin bereit, Tagelöhner zu werden und mein täglich Brot durch meiner Hände Arbeit zu verdienen, wann immer du mir zeigst, dass mein Werk nicht so wirken kann, dass es dir zum Wohlgefallen dient.«

Es war seltsam. Kaum hatte er dies gesagt, als er merkte, dass es wunderlich still um ihn wurde. Oder richtiger gesagt, es dünkte ihm, dass seine Ohren sich allem verschlossen, was sie sonst vernahmen, und dass er stattdessen gleichsam eine neue Art von Gehör bekam. Er hörte seine eigenen Schritte nicht, nicht das Knirschen der Schlittenkufen, nicht das Klappern der Dreschflegel, die in den benachbarten Bauernhöfen auf den Tennenboden aufschlugen. Aber dafür konnte er Laute und Stimmen vernehmen, wie sie sonst nicht zu Menschenohren dringen, und mit dieser neuen Gabe hörte er, wie es dreimal hintereinander unten vom See her rief:

»Die Zeit ist erfüllt, aber der Mann ist nicht gekommen.«

»Die Zeit ist erfüllt, aber der Mann ist nicht gekommen.«

»Die Zeit ist erfüllt, aber der Mann ist nicht gekommen.«

Es kam dumpf und gedämpft, nicht von der Eisrinde, die den See deckte, sondern aus der Tiefe darunter. Es war wie das unheimliche Heulen ausgehungerter Wölfe und kam so wild und schaurig unter dem Eise herangerollt, als stände dort unten ein wildes, blutdürstiges Tier und schrie nach Beute.

Sowie der dritte Ruf verklungen war, dünkte es dem Lauscher, dass eine Luke in seinem Kopf sich schloss, und nun hörte er wiederum nichts anderes als jene Laute, die man gewöhnlich vernimmt. Der Wind säuselte ganz sachte im Schilf des Strandes, der Schnee knirschte unter dem Fuß, und von einem hochbeladenen Wagen, der eben vorbeifuhr, klingelte leise ein schwaches Glöckchen.

Aber die Erinnerung an den Ruf vom Seegrund war in ihm lebendig. Ein ums andere Mal ver-

meinte er, den raubgierigen, tierischen Laut zu hören, und all die Angst, die er in seiner Kindheit vor
Nöck und Nix empfunden hatte, stieg von Neuem
in ihm auf und ließ ihn vom Scheitel bis zur Sohle
erbeben. Sie bekam solche Macht über ihn, dass
er anfing zu laufen, dem Pfarrhof zu. Aber nach
ein paar Schritten hielt er inne und suchte seines
Schreckens Herr zu werden. »Du bist ein Chris-
tenmensch und ein Diener Gottes«, sagte er zu
sich selbst, »die unreinen Geister in Wald und
Feld und See sollen nicht die Freude haben, zu sehen dass du sie fürchtest.«

Er zwang sich, langsam zu gehen, aber unwillkürlich duckte er Kopf und Schultern, wie man es
tut, wenn man eines Überfalls von rückwärts ge-
wärtig ist. Bald jedoch richtete er sich empor. Sein
Herz schlug nun mit gleichmäßigen Schlägen, und
ein Gefühl neubelebter Hoffnung durchströmte
ihn.

»Du hast ja Gott um ein Zeichen gebeten«, sagte er zu sich selbst, »du hast ja Gott um ein Zeichen gebeten.«

Als er in den Pfarrhof zurückkehrte, trug er den
Kopf hoch und ging seinen gewöhnlichen, festen
Schritt.

Ehe er sich in sein Arbeitszimmer begab, öffnete er die Küchentür und bedeutete dem Gesinde,
falls sie einen Wanderer sähen, der vom Weg ab-
weiche, um sich auf den See zu begeben, so sollten

sie ihn zurückrufen und ihm sagen, der Propst
wünsche mit ihm zu sprechen.

Es währte nicht lange, so hörte man fremde
Schritte im Hausflur. Die Tür zum Zimmer des
Propstes öffnete sich, und ein junger Bursche trat
herein. Er trug eine Friesjacke und gelbe Beinklei-
der aus Sämischleder, wie alle anderen Bauern-
burschen im Sprengel, aber aus einer gewissen
Zierlichkeit und Schmuck in der Kleidung glaubte
der Propst schließen zu können, dass er einen
wohlhabenden Mann vor sich habe.

Der Propst sah den Eintretenden lange und
prüfend an, bevor er etwas sagte. Er fühlte sich sogleich zu ihm hingezogen. Es war ein ziemlich
kleiner, aber schlanker und gut gewachsener
Mann, schön, mit grauen Augen, die wie leichtge-
kräuseltes Wasser bei starkem Sonnenschein glitzerten, und mit einem Lächeln, so hell, dass es den
ganzen Menschen überstrahlte.

»Wenn ich diesen Mann davor bewahren kann,
heute Nacht über das Eis zu gehen und zu ertrin-
ken«, dachte der Propst, »so soll mir dies ein Zeichen von Gott sein, dass ich fortfahren darf, ihm
zu dienen.«

Volle zwei Stunden hatte der Propst mit dem
Fremden gesprochen. Nun stockte das Gespräch

schon eine Zeit lang, und es war still in der Stube. Draußen war es schon längst dunkel geworden, aber auf dem Schreibtisch brannte ein Talglicht, und in seinem Schein konnte man die zwei Männer unterscheiden. Der Bauer saß auf dem äußersten Rande eines Stuhls, noch immer sein glitzerndes Lächeln im Gesicht, während der Propst, der vor seinem Schreibtisch saß, sich sichtlich in einem Zustand großer Angst befand. Er hatte die Arme auf die Tischplatte gestützt und saß vorgebeugt da, den Kopf in den Händen. Hier und da stieß er einen Seufzer aus, so tief, dass er seine ganze Gestalt erschütterte.

Mit all seinem Reden hatte er nun doch nicht vermocht, dem anderen das bestimmte Versprechen abzuringen, dass er über die Landstraße heimkehren werde. Er machte nur Ausflüchte, bald sagte er, sie erwarteten ihn zu einer bestimmten Zeit daheim, dann wieder, er sei zu müde, den langen Umweg rings um den See herum zu machen … Der Propst erbot sich, ihn über die Landstraße nach Hause zu kutschieren, aber er wollte nicht darauf eingehen. Er hatte Angst, jetzt zu fahren, wo die Wege so schlecht waren – er hatte Angst vor allem, nur nicht davor, über das Eis heimzugehen.

Da saß nun der Propst und überdachte alles, was sie gesprochen hatten. Er musste herausfinden, wie er den Mann anzupacken hatte, um ihn zu retten. Das war ja das Wunderliche an ihm, dass er dem Propst immer wieder entglitt und sich nicht fangen ließ. Es war so gewesen, als steckte man die Hand in rinnendes Wasser und versuchte es festzuhalten.

Der Propst hatte damit begonnen, ihm zu sagen, dass er ihn deshalb gebeten habe, hereinzukommen, um ihm davon abzuraten, den Seeweg zu nehmen. Er wisse, dass das Eis hier vorne in der Kirchenbucht unsicher sei. Darauf hatte der Fremde nur geantwortet, heute Morgen, bei seinem Aufbruch von daheim, sei das Eis eine Elle dick gewesen. In einem Tag könne es wohl nicht aufgetaut sein, wenn die Sonne auch stark geschienen habe. Nein, draußen auf dem See habe es keine Gefahr, das glaubte der Propst auch gar nicht, aber in der Bucht, da wo der Fluss mündete. Da hatte der Bursche ausgesehen, als hätte er alle Mühe, nicht hell aufzulachen. Er war doch Fischer und hatte all sein Lebtag hier an diesem See gehaust, da konnte sich der Propst doch denken, dass er klug genug war, sich vor einer Flussmündung in Acht zu nehmen.

Aber nun war da noch ein besonderer Grund, weshalb er sich hüten sollte, gerade an diesem Abend über das Eis zu gehen. Und der Propst erzählte ihm, was er eben erst auf der Landstraße gehört hatte. Es war merkwürdig, wie wenig der Mann darauf gab, nicht mehr als auf ein Liedchen, das die Leute alle Tage trällern. Wollte man sich um derlei kümmern, hatte er gesagt, dann könnte man sich nie auf einen See wagen.

Der Propst hatte ihn gefragt, ob er ihm denn nicht glaube. Ja, gewiss glaubte er ihm. Er hatte sie auch schon in der Tiefe brüllen und toben hören, aber er wusste, dass das nur Schreckschüsse waren. Es waren die kleinen Seekobolde, die Allotria trieben. Sie waren eben auch Jössehäringer und liebten es, zu spielen und zu tollen.

Die ganze Zeit stand er da und lächelte, und er war unmöglich dazu zu bringen, die Warnung ernst zu nehmen. Da stieg in dem Propst die Angst auf, dass es ihm nie gelingen würde, ihn davon zu überzeugen, dass ihm Gefahr drohe. Es sah aus, als könnte das gar keine so schwere Sache sein, aber hier stellte sich offenbar etwas Besonderes in den Weg. Der Propst sagte sich selbst, dass er herausfinden müsse, was dies sei, wenn er Macht über den Mann gewinnen sollte.

Der Fischer war übrigens recht mitteilsam und schwatzte, wie man so sagt, das Blaue vom Himmel herunter. Der Propst hatte schon erfahren, dass er Gille Folkesson hieß und am anderen Seeufer wohnte. Verheiratet war er auch, hatte eine junge schöne Frau, auf die er nicht wenig stolz war. Sie stammte nicht von Kleinhändlern ab, wie er selbst, nein, sie war die Tochter eines Großbauern. Nun, er stand also gut da, wenn er auch nur ein Fischer war. Sie hätte es als Bäuerin nicht besser treffen können.

»Sie wird es nicht mehr so gut haben, wenn du hingehst und dich ertränkst«, hatte der Propst gesagt. Aber das nahm Gille wiederum nur als Spaß und hätte laut gelacht, wenn er sich nur getraut hätte.

Er war der zufriedenste Mensch unter der Sonne, und es lässt sich nicht leugnen, dass er ein klein wenig prahlte. Er hatte sein Boot selbst gemacht, und es war so leicht, dass es nur so übers Wasser flog, wenn er die Ruder auch noch so leise berührte. Er hatte auch größeres Fischerglück, als irgendein anderer. So kam es, dass er in Wohlstand lebte, obgleich er kein Land besaß. Es war gar nichts Seltenes, dass er auf einen Zug so viele Fische in seine Netze bekam, dass sie im Boot gar keinen Platz fanden.

Diese Reden von seinem Fischerglück hatten den Propst stutzig gemacht. »Du bist wohl einer, der sich ganz auf sein Glück verlässt, wie?«, hatte er ganz plötzlich gefragt. »Ja freilich«, kam die Antwort, und dabei glitzerte es noch stärker als früher in den Augen des Fischers, »ich habe wohl auch guten Grund dazu.«

Er hatte sich ein wenig gesträubt, zu erklären, was er damit meinte, aber der Propst hatte es bald aus ihm herausbekommen. Es kam ihn auch schwer an, darüber zu schweigen. Er schien nun bei dem angelangt, was ihm näher lag als alles andere.

Er erzählte dem Propst, wie seine Mutter, ein paar Monate ehe er, Gille, auf die Welt kam, in einer schönen Sommernacht einen Weg gewandert war, der durch einen dichten Wald führte. Die Äste hatten sich so eng über ihr verflochten, dass sie beinahe in der Dunkelheit ging, obgleich es kurz nach Johannis war, wo die Nächte doch hell sind. Ganz plötzlich hatte sich der Wald gelichtet, und der Pfad hatte jäh abfallend zu einer großen halbkreisförmigen Bucht hinabgeführt – fast ebenso schön wie die Kirchenbucht hier vor dem Pfarrhof. Sie war von grünen, üppigen Wiesen umgeben, und auf diesen Wiesen, die voll großer Blumen waren und von Tau glitzerten, hatte ein weißes Pferd gegrast. Es war das schönste Tier, das sie je gesehen hatte. Die Mähne war so lang, dass sie auf die Hufe herabhing, der ganze Leib apfelfarben, die Beine schmal und biegsam wie die Sehne eines Bogens, und der Schwanz so dick wie eine Roggengarbe und so lang, dass er auf dem Boden nachschleifte. Kaum mehr als einen Augenblick durfte sie sich an dem Anblick erfreuen. Denn als sie sich durch die hochblumigen Strandpflanzen näher an das Pferd heranschleichen wollte, erblickte es sie und floh. Aber nicht dem Land zu, sondern gerade hinaus in den See. Es sprang durch das seichte Wasser, sodass der

Schaum um seinen Bug sprühte. Als es in die Tiefe kam, tauchte es unter, ohne einen Versuch zu machen, zu schwimmen. Da wusste die Mutter, dass dies niemand anderes gewesen sein konnte, als der Nöck, der sich, wenn er ans Land geht, in Gestalt eines Pferdes zu zeigen pflegt. Die Mutter hatte für sich selbst keine Angst gehabt, aber sie dachte an das Kind, das sie unter dem Herzen trug, und war besorgt, dass diese Begegnung ihm Nachteil bringen könnte. Um sicher zu gehen, war sie zu einem »weisen Mann« gegangen, hatte ihn gefragt und den Bescheid erhalten, dass dies dem Kind nicht schaden würde. Wenn sie einen Sohn bekäme, sollte sie einen Fischer aus ihm machen, denn der Nöck würde sich sicherlich seiner annehmen, sodass er gutes Fischerglück haben würde. Aber würde aus dem Kind wirklich ein Fischer, dann müsste er sich vor einer einzigen Sache in Acht nehmen, und das war, niemals Wasser aus dem See zu trinken, in dem er seine Fische fing.

Dies hatte Gille auch immer vermieden, obgleich es manchmal gar nicht so leicht gewesen war. Es war schwer, sich mit keinem einzigen Tropfen Wasser zu laben, wenn man an heißen Sommertagen in seinem Boot auf dem See lag. Wenn er zu Fremden kam, wagte er es kaum, ein Glas zum Mund zu führen. Es gab Leute, die über derlei nur lachten, und die versuchten, ihn aus purem Unverstand zu verleiten, Seewasser zu trinken. Sie konnten nicht glauben, dass dies etwas für ihn bedeuten würde. Es kam auch hier und da vor, dass die Seekobolde kleine Versuche machten, ihn zu verlocken, Seewasser zu trinken. Aber bisher hatte er sich tapfer gehalten, und es war ihm in jeder Hinsicht gut gegangen, wie es ihm vorausgesagt worden war. Und viele, ja unzählige Male hatte er gesehen, dass die kleinen Seejungfern, die nicht größer waren als Barsche und die holdseligste Gestalt bis zu den Hüften hatten, wo der Fischschwanz anfing, in ganzen Schwärmen um sein Boot geschwommen waren, wenn er an schönen Sommerabenden still lag und angelte, und sie hatten ihm einen Fisch nach dem anderen an den Angelhaken gehängt. Und ebenso hatte er auch im Herbst bei Sturm und Unwetter, wenn sein Garn sich verwirrte, bei ihnen Hilfe gefunden.

Als der Propst diese Geschichte aus Gilles eigenem Mund hörte, da hatte sie ihn nicht so erregt wie jetzt, wo er nur daran dachte. Während Gille sprach, hatte er ganz deutlich die lieblichen kleinen Värmlandseen vor sich gesehen mit ihrem Badestrand und ihren Angelstellen, wo er als Knabe seine fröhlichsten Stunden verbracht hatte. Er sah das Wasser blinken und spiegeln, es ging bis in seine Kammer hinein, es wogte sanft und schmeichelnd rings um ihn. Er hatte das Gefühl gehabt, als gehörten Gille und seine Zaubergeschichten und das Fischen und das sorglose Leben auf dem See zusammen. Er hatte nichts Anstößiges darin sehen können. Er war wie vom Wellenrauschen eingelullt gewesen. Auch hatte er nicht recht gewusst, ob Gille es ernst meinte oder im nächsten Augenblick sagen würde, er habe nur gescherzt. Und so hatte er nur ganz sanftmütig gesagt, es könne gefährlich sein, Hilfe von solchen anzunehmen, die nicht unserer Welt angehören.

Aber Gille hatte wieder gesagt, für ihn gebe es keine Gefahr, solange er das Wasservolk nicht dadurch herausforderte, dass er Wasser aus dem See trank wo er fischte. Täte er das, geriete er freilich in ihre Gewalt. Wie es jetzt war, hatte er nur Hilfe und Nutzen von ihnen.

Um dies zu beweisen, erzählte er dem Propst eine Geschichte von seiner Hochzeit.

Als Gille vor den Traualtar treten sollte, da war es ihm so schlimm ergangen, dass er sich fast nicht zur rechten Zeit im Hochzeitshaus hätte einfinden können. Einer der Nachbarn hatte versprochen, ihm ein Pferd zu leihen, aber am selben Tage war dies Pferd krank geworden, und da stand nun Gille, und guter Rat war teuer. Da hatte er plötzlich ein Pferd erblickt, das auf der Strandwiese ging und graste. Es war ein schönes Tier, ein rosigweißer Apfelschimmel, die Mähne so lang, dass sie bis zur Erde reichte, wenn das Pferd den Kopf senkte, und der Schwanz dick wie eine Roggengarbe. Gille hatte das Pferd nie zuvor gesehen und wusste nicht, wem es gehörte – aber er meinte, Not kennt kein Gebot. Er musste ein Pferd haben, gleich wo er es hernahm, sonst konnte er nicht rechtzeitig zur Trauung kommen. Er versuchte das fremde Pferd einzufangen – und siehe da, es ging kinderleicht. Es ließ sich auch vor das Wägelchen spannen und zog es, ohne zu murren. Gille glaubte freilich zu merken, dass es einen wunderlichen Gang hatte und nicht recht eingefahren war, sodass es sich nicht auf Zeichen und Zurufe verstand, aber er war ja in seine Bräutigamsgedanken versunken und achtete nicht groß auf das Pferd, sondern war schon zufrieden, wenn es nur vorwärts ging. Aber als er in das Haus der Braut kam, da liefen die Leute heraus, um sein Pferd anzusehen, und vergaßen Braut und Bräutigam darüber, es zu loben und zu rühmen. Niemand konnte sich erklären, wo Gille ein solches Tier herbekommen habe. Das musste mindestens im Stall des Königs aufgewachsen sein. Gille beeilte sich, es abzuschirren und stellte das Pferd zu den anderen. Er legte ihm schönes Futter vor, sagte ihm Dank für seine guten Dienste, aber band es nur mit einer Schleife fest. Als die Trauung vorüber war, gingen die Leute wieder heraus, um sich das Pferd anzusehen, aber da war es verschwunden. Gille gab sich selbst die Schuld, weil er es nicht sicher genug angebunden hatte, und sagte, es wäre vermutlich heimgelaufen. Dort im Hochzeitshaus hatte er sich nicht anmerken lassen wollen, dass ihm die Sache nicht recht geheuer vorkam, aber er war zur Überzeugung gelangt, dass es niemand anderes als der Nöck sein konnte, der ihm den Dienst erwiesen hatte, ihm auf seiner Bräutigamsfahrt das Pferd zu ersetzen.

Er hatte auch noch andere Begebenheiten erzählt, aber es war vor allem dieses, das ihn in dem Glauben bestärkt hatte, dass er in dem Wasservolk Freunde hatte und es nicht zu fürchten brauchte.

Der Propst fand Gefallen an dem Mann, und seine Geschichten hatten ihn, wie schon gesagt, an sein Jugendleben im Wald und auf dem See erinnert, und das war es, was ihn gleichsam zur Ruhe bewogen und ihn daran gehindert hatte, Gille zuzurufen, doch einzuhalten und in seiner Gegenwart nicht von solchen Dingen zu sprechen.

Es gab Menschen genug, die nicht an diese Wesen glaubten, die das Volk in der Natur gesehen zu haben vorgab, doch der Propst gehörte nicht zu dieser Zahl. Aber es war eines, zu glauben, dass sie da waren, ein anderes, Hilfe und Beistand von ihnen anzunehmen, wie es dieser Fischer tat. Diese Wesen waren ihrer Natur nach böse, und für den, der sich mit ihnen einließ, nahm es immer ein schlechtes Ende. Das wusste die Kirche, und aus diesem Grund verbot sie allen Umgang mit ihnen. Auch Gille Folkesson würden sie Unglück bringen, wenn der Propst nicht imstande war, ihn aus den Fesseln seines Aberglaubens zu lösen.

Tausenderlei Geschichten hatte der Propst von dem Treiben dieser Geschöpfe gehört. Alle endeten sie so, dass sie sich auf den, welcher eine Zeitlang in ihrer Gunst gestanden und ihre Wohltaten genossen hatte, stürzten, wenn er ihnen ganz blind vertraute, und ihn zugrunde richteten. Alles an ihnen war List, Tücke und Bosheit. Sie gehörten in die Unterwelt, und ihr einziges Trachten war es, die Menschen in ihre Dunkelheit hinabzuziehen.

Nun erkannte er, der Propst, dass dies ihre deutliche Absicht mit diesem Fischer war. Er war in Sicherheit eingelullt, er glaubte an ihre freundliche Gesinnung. Keine Warnung hatte mehr die Macht, ihn abzuschrecken, und in dieser Nacht sollte er in das Netz fallen, das von seiner Geburt an für ihn ausgespannt war. Ja, so musste es kommen, wenn der Propst nicht imstande war, ihn zu retten.

Der Propst stand da und erwog diese Aufgabe in Gedanken hin und her. Eins gab es, worauf Gille sein Vertrauen und seine Zuversicht setzte, und das war, dass er noch nie Wasser aus dem See getrunken hatte, in dem er seine Angeln und Netze auswarf. Aber was war nun das für ein Glaube, konnte man darauf vertrauen? Eine falsche Stütze war das, eine, die in dieser Nacht versagen würde. Denn der Propst hatte gehört, dass man unten in der Tiefe auf Gille wartete. Eine morsche Planke war es, die ihn nicht tragen konnte. Wenn er fortfuhr, darauf zu bauen, musste er elendiglich zugrunde gehen.

Der Propst sah deutlich, dass diese Planke Gille Folkesson entrissen werden musste, ehe es zu spät war. Wenn er nicht mehr auf sie bauen konnte, dann würde er auch nicht mehr seine Hoffnung auf Nix und Nöck setzen, sondern auf den lebendigen Gott. Konnte er nicht mehr auf sie bauen, dann war er an Leib und Seele errettet und kam glücklich und wohlbehalten heim zu seinem jungen Weib.

In seiner ganzen Gemeinde kannte der Propst keinen Menschen, zu dem er sich so hingezogen fühlte, wie zu diesem Gille Folkesson. Er konnte ihn ob seiner Verbindung mit den unreinen Geistern nicht so tadeln, wie er sollte, aber es entwickelte sich eine große Sehnsucht, ihn aus ihrer Gewalt zu erretten. Das Herz tat ihm in der Brust weh, wenn er diesen Mann ansah, der da jung, schön und sorglos vor ihm saß und doch verurteilt war, in der selbigen Nacht zu sterben.

Der Propst sah einen Weg, ihn zu erretten, hatte ihn von Anfang an gesehen, aber er wusste

nicht, ob er nicht eine Sünde und eine Entheili-
gung beging, wenn er dieses Mittel anwendete.
Aber konnte es eine größere Sünde geben, als
einen Menschen mit Leib und Seele der Gewalt
der dunklen Mächte zu überantworten? Vielleicht war es erlaubt, in einem solchen Fall zu
diesem Ausweg zu greifen? Es lockte ihn und
es widerstrebte ihm doch wieder. Er war in
furchtbarer Pein. Er brauchte einen Fingerzeig
Gottes.

Wenn der Mann da vor ihm von seinem Glauben an die morsche Planke frei werden könnte,
frei in der Art, dass er eine neue Stütze, eine neue
Hoffnung bekam? Wenn er so ganz und gar befreit werden könnte, dass er sich nicht in Gefahr zu fühlen brauchte, sondern im Gegenteil ge-
sichert und beschützt, wäre das nicht die größte
Wohltat, die man ihm erweisen könnte?

Plötzlich schrak der Propst aus seinen Gedanken auf. Der Fischer war es müde geworden, zu
warten und stand nun von seinem Stuhl auf. Im
selben Augenblick war auch der Entschluss des
Propstes gefasst. Er konnte den Mann nicht in
sein Verderben rennen lassen. Er musste ihn auf-
halten, musste tun, was in seinen Kräften stand,
um ihn zu retten.

»Ich sehe, du willst gehen, Gille«, sagte er. Dabei erhob er sich, und Gille wich in aller Eile zur
Tür zurück, wie um leichter entkommen zu kön-

nen. »Du darfst nicht glauben, Gille, dass ich dich mit Gewalt zurückhalten werde, wenn ich gleich Lust dazu hätte. Du kannst gehen, wohin du willst, und ich sehe schon, es wird der Seeweg sein.«

»Das wird es wohl, Herr Propst. Ich komme schon auf jeden Fall heim.«

»Aber du musst wissen, Gille, wenn ich dich jetzt, so wie du willst, den Seeweg gehen lasse, dann ist dies für mich, als schickte ich dich geradewegs in den Tod. Ich bin so sicher, Gille, dass du den nächsten Morgen nicht erlebst, wenn du dich heute Nacht aufs Eis begibst, wie ich es wäre, wenn ich wüsste, dass blutdürstige Mörder dir vor meinem Haus auflauerten. Darum, Gille, will ich dich auf den Tod vorbereiten, so wie ich es täte, wenn du in den letzten Zügen lägest. Ich will dir das heilige Abendmahl geben.«

Gille legte unwillkürlich die Hand auf die Türklinke. Er hätte sich dem, was kommen sollte, am liebsten entzogen, doch der Propst hielt ihn zurück.

»Du darfst nicht gehen, Gille«, rief er mit einer mächtigen Stimme, die vor Gemütsbewegung brach. »Ich bin dein Seelsorger, und ich muss dir gegenüber meine Pflicht tun, sonst kann ich es nicht vor dem verantworten, der Herr ist über dich wie über mich.«

Der Fischer sah drein wie ein gegen seinen Willen hin und her gezerrter und gezwungener Mann, doch war er nun so sehr von Ehrfurcht vor dem Propst befangen, dass er stehen blieb. Und sobald dieser merkte, dass Gille ihm zu gehorchen gedachte, begann er seine Vorbereitungen. Er nahm die kleinen Abendmahlskelche hervor, deren er sich bediente, wenn er zu Sterbenden gerufen wurde, entzündete noch eine Kerze und hing seinen Talar um.

Es war kein Wein in der Flasche, die er neben dem Kelch verwahrte, doch er schickte nicht in den Keller, um sie füllen zu lassen. »Möge Gott mir gnädig sein«, dachte er. »Ich fülle seinen Kelch mit dem Nass, das heilig genug ist, in seinem zweiten Sakrament zu dienen.«

Er ließ Gille vor seinem Stuhl niederknien, erteilte ihm die Absolution, las die Worte des heiligen Abendmahls, reichte ihm das Brot und führte den Kelch an seine Lippen.

Im nächsten Augenblick sprang der Fischer schreckensbleich auf. »Was hast du mir im Kelch gegeben, Pfaffe?«, rief er und packte den Propst hart am Arm. – »Ich habe dir das gegeben, was du in deinem heidnischen Aberglauben nie zu kosten gewagt hast«, sagte der Propst. »Ich habe dir Wasser aus der Kirchenbucht gegeben, aber ich habe es geheiligt und geweiht. Jetzt ist es über deine Lippen geströmt, nicht als Wasser, sondern als Christi Blut. Möge es die Macht des natürlichen Wassers überwinden! Möge es deine Seele befreien von …«

Er kam nicht weiter. Gille Folkesson hörte ihn nicht. »Wasser aus der Kirchenbucht«, schrie er so jammervoll wie ein Verwundeter. »Wasser aus der Kirchenbucht.«

Ich nächsten Augenblick war er aus dem Zimmer und lief durch den Flur in den Hof.

Der Propst eilte ihm nach, aber Gille stürmte dahin wie ein Tollhäusler, und es war unmöglich, ihn einzuholen. Während er so lief, rief er mit einer Stimme, die nicht weniger schaurig klang als die Stimme vom Seegrund, die der Propst am Abend vernommen hatte:

»Die Zeit ist erfüllt, und der Mann kommt.«

Die halbe Nacht war der Propst mit Knechten und Nachbarsleuten auf dem Eis gewesen und hatte nach Gille Folkesson gesucht, der den Pfarrhof in Sinnesverwirrung verlassen hatte. Endlich hatte man in der Nähe der Flussmündung ein Loch in dem schwachen Eis entdeckt, ein Mann war ganz vorsichtig hingekrochen und halte Gilles Hut auf dem Wasser schwimmend gefunden. Da brauchte man nicht weiter zu suchen sondern konnte heimgehen.

Auf dem Nachhauseweg sprachen die Männer natürlich von Gille. Sie kannten ihn gut und erzählten einander von dem Bündnis, das zwischen ihm und dem Wasservolk bestanden haben sollte.

»Es ist sicher, dass die dort unten ihm dienten«, sagte ein Bursche und stampfte auf das Eis. »Aber jetzt ist es so ausgegangen, wie derlei immer ausgeht. Er ist schließlich doch in ihre Gewalt geraten.«

»Er muss sich wohl doch nicht genug in Acht genommen haben«, sagte einer. »Er muss Seewasser getrunken haben.«

In demselben Augenblick, in dem dies gesagt war, hörten sie aus ihrer Mitte eine Stimme, die zu reden und zu erzählen begann. Es war eine schwache zitternde Stimme, die Stimme eines alten, gebrochenen Mannes. Die Leute konnten sich anfangs gar nicht denken, wem sie angehörte, sie blieben verwundert stehen. Es war kein schwacher oder alter Mann unter ihnen gewesen, als sie sich aufs Eis begeben hatten.

Aber da merkten sie, dass es der Propst war, der sprach, und sie scharten sich dicht um ihn, um zu hören, was er sagte. Sie sahen sein Antlitz nicht, aber es dünkte ihnen, dass er gebeugt und zitternd dastand und sich kaum aufrecht zu halten vermochte.

Noch nie hatten sie einen Menschen so vernichtet gesehen. Es war junges, sorgloses Volk – jedenfalls die meisten von ihnen, aber sie standen rings um den gebrochenen Mann und weinten wie Kinder, während er so sprach.

Als er ihnen gesagt hatte, was er an diesem Abend erlebt hatte, ging er einsam ans Land. Die anderen schlichen stumm hinter ihm her, gerade nur soweit, dass sie ihn im Auge behielten und sahen, dass er heim zu wanken vermochte und nicht auf dem Weg liegen blieb.

»Mit dem ist es zu Ende«, flüsterten sie einander zu. »Der kommt nie mehr auf seine Kanzel.«

Der Weg zwischen Himmel und Erde

Es war einmal ein alter Oberst namens Beerencreutz, der hatte viele Jahre auf Ekeby bei der Majorin gelebt und im Kavaliersflügel gewohnt.

Aber als die Majorin tot war und das fröhliche Kavaliersleben ein Ende hatte, da mietete sich der Oberst in einem Bauernhof im Kilser Kirchspiel ein, das am Südende des langen Lövensees liegt. Hier bewohnte er zwei Stuben im oberen Stockwerk, eine große, in die man zuerst kam, und eine kleinere. Die Bauersleute wohnten im Erdgeschoss, und außer Beerencreutz hielt sich niemand im Obergeschoss auf.

Hier lebte er lange Zeit, bis er sein fünfundsiebzigstes Jahr erreichte. Er war ganz allein, er hatte nicht einmal einen Diener, der für ihn sorgte. Er räumte selbst seine Zimmer auf, kochte sein Essen, so gut es eben ging, und striegelte und fütterte sein Pferd. Er sagte, dass er all dies selbst verrichten wolle, weil er so besser mit all seiner freien Zeit fertig werde, aber es mag wohl eher sein, dass der wirkliche Beweggrund der war, dass er zu arm war, um sich jemand zur Hilfe zu halten. An Beschäftigung schien es ihm nie zu fehlen. Es fiel ihm sogar schwer, mit all den vielfältigen Arbeiten, die er zu verrichten hatte, zurande zu kommen.

In dem großen Zimmer hatte der Oberst jenen merkwürdigen Teppich aufgezogen, über den man im ganzen Kilser Kirchspiel sprach und staunte. Der wurde nicht auf einem Webstuhl gewebt, sondern die Fäden waren von Wand zu Wand gespannt, sodass jeder, der ins Zimmer kam, nicht anders glauben konnte, als dass er in ein riesengroßes Spinnennetz geraten sei. An diesem Gewebe kroch der Oberst ein gut Teil des Tages hin und her, setzte ein Garnende hier ein und eins dort und prüfte und wählte, um die rechten Fäden zu finden. Wenn der Oberst den Teppich fertiggestellt hätte, so würde er sich wohl an Schönheit mit den Teppichen aus Kandahar und Buchara haben messen können, aber die Art der Verfertigung war so langwierig, dass er nicht mehr als ein paar Felder so zustande bringen konnte, wie er sie haben wollte.

In dem inneren Zimmer hatte der Oberst sein Bett stehen. Er lag immer in einem kleinen Feldbett, das er im Krieg benutzt hatte, als er in Deutschland gegen Napoleon gekämpft hatte.

Aber sonst hatte er große, ansehnliche Möbel in diesem Zimmer. Da war unter anderem ein mächtiges Mahagonisofa, ein alter Klapptisch auf schwarzen Ebenholzbeinen, ein Sekretär mit Messingbeschlägen und ein großer Spiegel in bauchigem Glasrahmen, mit zierlicher Vergoldung geschmückt. All diese Stücke waren aus dem Elternhaus des Obersten, und sie legten Zeugnis darüber ab, dass, wenn er jetzt auch arm war, er doch in einem reichen, vornehmen Haus aufgewachsen sein musste.

Hier in diesem Zimmer lag der Oberst in einer Sommernacht und schlief, als er plötzlich dadurch erwachte, dass jemand mit schweren Schritten die Treppe zum Obergeschoss heraufkam. Der nächtliche Wanderer stampfte so auf, dass es durchs ganze Haus dröhnte, dabei fest und sicher, als wäre es ein alter Soldat.

Als der Oberst die Augen aufschlug, merkte er an der Dämmerung um ihn herum, dass es noch mitten in der Nacht sein musste. Aber so recht dunkel war es nicht in der Stube, denn es war ja die helle Zeit des Jahres, und da der Oberst eine Treppe hoch wohnte und keine Nachbarn hatte, hatte er sich weder Läden noch Rollgardinen angeschafft.

»Das ist doch merkwürdig mit diesen Bauern, nie können sie es lernen, die Haustür zuzuschließen«, dachte der Oberst. Er war ein Mann der

Ordnung und lag beständig im Krieg mit den Hausleuten, weil sie sich meistens zum Schlafen hinlegten, ohne zuzusperren. So hatten sie es wohl auch an diesem Abend gemacht, und nun war ein Unbefugter ins Haus eingedrungen.

Ein Dieb konnte es wohl kaum sein, der mit so schweren Schritten einhertrabte. Und wohl auch kein Betrunkener, der sich einen Ort suchte, wo er seinen Rausch ausschlafen konnte. Aber jemand, der da nichts zu suchen hatte, war es auf jeden Fall, denn der Oberst wusste, dass keiner von den Hausleuten in dieser taktfesten Weise auftreten konnte.

Der Oberst lag da und wartete, dass der Nachtwanderer bis auf den Dachboden hinaufgehen würde, aber da hatte er sich verrechnet. Sowie die schweren Schritte die Treppe hinaufgekommen waren, marschierten sie auf seine eigene Tür los, und er glaubte sogar zu hören, wie der Schlüssel sich im Schloss drehte.

»Ja, damit kannst du dich vergnügen, solange du willst«, dachte der Oberst, »davon wirst du nicht viel haben.«

Denn er wusste natürlich, dass er am Abend vorher seine Tür mit Haken und Riegel versperrt hatte. Gerade weil die Flurtür unten fast nie verriegelt wurde, achtete der Oberst so genau darauf, dass oben bei ihm alles ordentlich verschlossen war.

Aber jetzt hörte er zu seinem großen Staunen, wie der Fremde die Tür so leicht aufschob, als wäre sie mit einem Wollfaden befestigt gewesen, und ins Arbeitszimmer trat.

Da war das große Teppichgewebe ausgespannt, es war also nicht so leicht, hindurch zu wandern, namentlich jetzt, wo der Raum im Halbdunkel lag.

»Jetzt wird sich der Halunke in meinen Teppich verwickeln und eine schreckliche Wirrnis anrichten«, dachte der Oberst und war schon im Begriff, aus dem Bett zu springen und den Kerl hinauszuwerfen. Aber da hörte er, wie der Fremde durch das ganze Zimmer zur Schlafzimmertür ging, mit Schritten, so gleichmäßig, als marschierte er im Takt zu einem Militärmarsch auf dem Trossnäser Feld, und sich in keiner Weise von Kette oder Einschlag behindern ließ.

Die Blicke des Obersten flogen zur Tür. Es war nicht so dunkel, als dass er nicht mit Sicherheit sehen konnte, dass der Riegel vorgeschoben war.

»Ja, jetzt wirst du aber doch nicht weiterkommen, du ver...«

Er blieb mitten im Fluche stecken, denn die Tür sprang auf und schlug an die Wand, ganz so, als wäre sie unversperrt gewesen, und ein heftiger Windstoß aus einem offenen Fenster hätte sie aufgerissen.

Da setzte sich der Oberst im Bett auf und rief mit seiner alten dröhnenden Kommandostimme:

»Wer da?«, sodass es von den Wänden widerhallte.

Noch einmal war er drauf und dran, aus dem Bett zu springen, um den Fremdling hinauszuweisen, noch einmal war er so starr vor Staunen, dass er still sitzen blieb. Er sah nämlich den, der ins Zimmer gekommen war, gar nicht. Die Tür stand sperrangelweit offen, der Oberst konnte ins nächste Zimmer sehen, sogar bis zu den gegenüberliegenden Fenstern. Hell genug war es, aber er sah nicht einmal den Schatten eines Menschen.

Aber dass jemand in seinem Zimmer war, daran konnte kein Zweifel sein. Er hatte die Schritte gehört, bis sie hinter der Schwelle haltmachten. Und jetzt hörte er, wie der Fremde die Hacken zusammenschlug, den Degen schulterte, sodass das Gehänge klirrte und rasselte, und seinen »Wer da?«-Ruf mit einem »Der Tod, Oberst« beantwortete. Es war eine wunderliche Stimme, die da gesprochen hatte. Gar nicht menschlich, aber dabei weder unheimlich, noch erschreckend. Es dünkte den Oberst, dass die Worte aus einer Orgel oder einem anderen großen Instrument gekommen sein könnten. Sie klangen ernst und streng, aber mit so großem Wohllaut, dass eine Sehnsucht in seiner Seele entzündet wurde, bald in jenes Land hinübergeführt zu werden, dem diese Töne entstammten.

»Dann mach doch gleich ein Ende«, rief der Oberst und riss das Hemd auf, so, als erwartete er einen Degenstich mitten durchs Herz.

Aber der Fremde scherte sich nicht um die Aufforderung.

»Komme vor nächster Mitternacht wieder, Oberst«, erklang die Stimme.

Dann klappten die Hacken zusammen, der Degen wurde mit starkem Klirren geschultert, und es wurde rechtsum kehrtgemacht. Die schweren Schritte entfernten sich, die Tür schlug zu, der Riegel schnappte von selbst ein, und alles war wieder wie zuvor.

Der Oberst war in seiner Bestürzung in die Kissen zurückgesunken. Er lag still da und horchte den schweren Schritten, folgte ihnen die Treppe hinunter, über den unteren Flur und hinaus durch die Flurtür.

In dem Augenblick, wo der Fremde das Haus verlassen und in den Hof treten musste, wo es so viel heller war als in den Zimmern, sprang der Oberst aus dem Bett und eilte an ein Fenster. Jetzt musste er den Fremden sehen können, wenn er überhaupt zu unterscheiden war. Er drückte das Gesicht an die Scheibe und spähte. Alles auf dem Hof, die Gehpfade zwischen den Häusern, den Brunnen und den Brunneneimer, die Karren und die Holzhaufen konnte er sehen, aber niemanden, der sich dazwischen bewegte. Der Fuß des nächtlichen Wanderers trat den Boden mit solcher Kraft, dass der Oberst auf die Stelle weisen zu können vermeinte, wo er sich befinden musste, aber sehen konnte er ihn nicht.

Der Oberst zuckte die Achseln. Er hatte die ganze Zeit über gewusst, dass es so sein würde. Er hatte versucht, sich einzubilden, dass das Ganze nur der Streich eines übermütigen Jungen sei, der sich den Spaß machen wollte, ihn zu erschrecken. Aber im tiefsten Inneren wusste er es besser. Es hatte ja nichts Menschliches in der Stimme gelegen, die er eben gehört hatte.

Er war sich also ganz klar darüber, was der nächste Tag bringen würde, und obgleich er es mit großer Ruhe aufnahm, wie es einem alten Krieger geziemt, verspürte er doch keine Lust mehr, diese Nacht weiterzuschlafen. Er kleidete sich deshalb an und verwendete darauf ebenso große Sorgfalt, als wäre er zur Musterung einberufen worden: weißes, gestärktes Hemd, Vatermörder und seine besten schwarzen Kleider. Das weiße Haar kämmte er, bis es wie Silber glänzte und kratzte die Bartstoppeln von Wangen und Kinn. Er dachte daran, dass schon bald nicht mehr er selbst, sondern ein anderer sich seiner irdischen Hülle annehmen würde, und da wollte er, dass sie sich in guter Verfassung befände.

Dann rückte der Oberst einen Lehnstuhl an ein Fenster, holte die alte Bibel seiner Mutter hervor, und setzte sich mit ihr auf den Knien nieder, um zu warten, bis es so hell wurde, dass es zum Lesen reichte. Es währte auch nicht allzu lange, da kamen ein paar rote Wölkchen im Osten zum Vorschein, und bald war die Finsternis verjagt, wenn es auch noch eine geraume Weile dauern musste, bis man die Sonne selbst zu Gesicht bekam.

Nun setzte der Oberst die Brille auf die Nase und las ein paar Seiten. Dann sah er vom Buch auf und grübelte. Es war ja kein Geistlicher zur Hand, der ihm helfen konnte – er saß ganz allein da und versuchte mit unserem Herrgott irgendwie ins Reine zu kommen.

In seinem langen Leben hatte der Oberst eine ganze Reihe von Dingen mitgemacht, die nicht gerade so beschaffen waren, dass er in einer solchen Stunde gerne daran zurückdachte. Wie er so in dem Buch las, vernahm er starke, drohende Worte von jenem Gott, der die Sünde hasst. Dabei stieg eine drückende Erinnerung nach der anderen in ihm auf. Es waren große Dinge und kleine. Manche konnte er ohne Weiteres herausgreifen und sagen, was daran war. Aber da waren auch andere, mit denen er nicht so rasch fertig werden konnte. Auf welche Seite des Rechenschaftsbuches sollte er solches aufschreiben, das übel ausgegangen war, obwohl er es ursprünglich nicht böse gemeint hatte – oder solches, das er auf Befehl ausgeführt hatte, oder solches, das er sich selbst nie als Sünde angerechnet hatte, aber das nach diesem Buch hier wohl so genannt werden musste?

Er hatte wohl auch allerlei auf der Haben-Seite zu verbuchen, aber auch damit ging es ihm nicht anders. Je länger er an die Sache dachte, desto unsicherer wurde er, was er sich zugute schreiben durfte. Er sah keine Möglichkeit, mit klarer, geordneter Rechnung vortreten zu können. Und da der Oberst ein stolzer und ehrlicher Mann war, litt er unter der Schmach, sich vor seinem Schöpfer als ungetreuer Hausvogt zeigen zu müssen und nicht vor ihm bestehen zu können.

Er wurde immer düsterer und missmutiger, je länger er in seiner Seelenprüfung fortfuhr. Ein eiskalter, pechschwarzer Strom der Sünde und Erbärmlichkeit wälzte sich heran und überflutete ihn. Er war schon drauf und dran, den Humor zu verlieren, und das war das letzte, das er an einem solchen Tag einbüßen wollte.

Unterdessen hatte sich der Himmel immer mehr erhellt, und plötzlich kamen die ersten Sonnenstrahlen herangeeilt und vergoldeten die schwarzen Buchstaben in der Bibel des Obersten.

Da hob der Alte den Kopf und blickte nach Osten, wo der große Sonnenball den Himmel hinanrollte, glänzend und majestätisch – und von der Welt Besitz ergriff.

Und vor diesem Schauspiel musste er wohl irgendwie zu der Erkenntnis gekommen sein, dass er bald einem Wesen entgegentreten würde, von so wunderbarer Herrlichkeit, dass es ihm nicht möglich war, es zu erfassen oder zu begreifen. Er, der der Sonne ihre Bahn vorschrieb, er war einer, der nicht rechnete, wie wir rechnen, nicht maß, wie wir messen. Es lohnte nicht, hier zu sitzen und sich zu ängstigen und zu bangen. Vor ihm kam doch alles zu kurz, der die Kraft und das Licht war, die Freude und das Wunder.

Der Oberst klappte das Buch zusammen, erhob sich und legte die geballte Faust darauf. »Mit dir kann ich nicht zurechtkommen«, sagte er. »Aber vielleicht ist es leichter, die Sache in Ordnung zu bringen, wenn ich zum König komme, als wenn ich's beim Untergericht versuche.«

Damit begab sich der Oberst mit wiedergewonnener Seelenruhe zum Schreibtisch, nahm Feder und Papier zur Hand und zeichnete auf, wie er sein Begräbnis angeordnet haben wollte. Auch verfügte er, dass sein altes Pferd erschossen werden sollte, und der, der den Schuss abgab, sollte einen kleinen Silberbecher für die Mühe haben.

Er schloss auch seine Rechnungen ab, zeichnete auf, was er besaß und was er schuldig war, und bestimmte, wem seine Möbel und Hausgeräte zufallen sollten. Das meiste schenkte er einem kleinen Mädchen, dem jüngsten Kind des Hauses, in dem er wohnte. Dieses Kind hatte dem Obersten immer große Liebe bewiesen und hatte stets bei ihm in der Stube sitzen wollen, wenn er arbeitete. Dies wollte er nun vergelten, so gut er es konnte.

Bis alles niedergeschrieben und geordnet war, zeigte die Uhr schon acht, und dann hatte der Oberst seine gewöhnlichen Morgenarbeiten zu verrichten. Er fegte die Zimmer, sah nach dem Pferd und bereitete seinen Morgenimbiss. Aber als es gegen zehn ging, war er mit allem fertig, und nun stand es ihm frei, diesen seinen letzten Tag so zu gestalten, wie es ihn gut dünkte.

Er sagte sich selbst, dass er den Tag in irgendeiner besonders festlichen Weise verleben müsse. Er konnte ihn doch nicht so hingehen lassen wie alle anderen.

Lange saß er auf einem Schaukelbrett vor dem Bauernhof und grübelte nach. »Nein, heute habe ich keine Lust, mich hinzusetzen, und Fäden in mein Gewebe zu knüpfen«, dachte er. »Der Teppich wird ja doch auf keinen Fall fertig. Ich will das Karriol anspannen und irgendwohin fahren. Mein letzter Tag! Es schickt sich nicht für jemanden, der so Großes erlebt hat wie ich, ihn in einem Bauernhof zu verbringen, unter Leuten, die nicht einmal wissen, wer ich gewesen bin.«

Die Lebenslust flammte mit der ganzen einstigen Kraft in dem Obersten auf. Er sagte sich, er wolle diesen Tag reich und glänzend machen.

Er wollte in die Welt hinausfahren, wollte noch einmal die früheren Freuden genießen. Von allen konnte er ja nicht mehr kosten, aber eine oder einige, die besten, die süßesten.

Der Oberst sprang eilig auf, ging in den Stall, spannte das Pferd ein und holte seinen alten Uniformmantel, der trotz lebenslänglichen Dienstes noch nicht abgetragen war, legte ihn hinter sich in das Karriol und fuhr vom Hof weg. Er fuhr geradeaus, bis zu einer Stelle, wo nicht weniger als fünf Wege sich begegneten.

Hier hielt der Oberst das Pferd an, denn gerade hier musste es sich entscheiden, von welcher Art die Freude sein sollte, die er an seinem letzten Tag genießen wollte. Diese fünf Wege konnten ihn zu all dem führen, was für ihn noch irgendwelche Lockung barg.

Gerade vor ihm lag die große Landstraße, die nach Karlstad ging. Er konnte sie einschlagen und in ein paar Stunden dort sein. Ein paar gute Freunde aus alter Zeit hatte er noch in der Stadt. Er konnte sie im Gasthof versammeln und ein Fest feiern. Sie würden miteinander scherzen und sich tolle Geschichten erzählen, sie würden edlen Wein trinken und Bellman singen. Und zuletzt würden sie auch ein Spielchen machen. Zitterte der Oberst nicht vor Sehnsucht, noch einmal die blanken Karten zwischen seinen Fingern zu halten? Er war ja einmal der wilde Beerencreutz gewesen, der unverbesserliche Spieler, der ein ganzes Vermögen auf eine Karte setzen konnte! Sehnte er sich nicht nach dem Anreiz des Spiels mehr als nach irgendetwas anderem von all dem, was er in den Jahren seiner Armut hatte entbehren müssen?

Aber der Oberst saß still im Karriol, ohne das Pferd zu mahnen, auf den Weg zur Stadt einzubiegen. Es war solch ein wunderlicher Wunsch in ihm, an diesem Tag. Er hätte einen Weg einschlagen mögen, der nicht bei irgendeinem Ziel aufhörte, das er schon kannte. Er wollte zu etwas Unbekanntem kommen. Er wollte einem Weg folgen, der ihn weit fort in das Unendliche führte. Das war ein ungereimter Wunsch vom Obersten, aber er bewirkte es doch, dass er sich von dem Weg nach Karlstad ab- und einem anderen zuwandte.

Rechts vom Karlstader Weg lief ein anderer, der ihn nach Trossnäs führen würde, dem großen Exerzierfeld, wo die Värmländerjäger in diesen Tagen zu Waffenübungen versammelt waren. Der Oberst wusste, wenn er, der alte Kommandant, hinkäme, das Regiment ihn, zur Parade aufgestellt, empfangen würde – die Gesichter der jungen grünen Jäger würden ihm entgegenstrahlen, denn sie kannten sehr wohl den Ruf der Tapferkeit, der ihn umgab. Die Regimentsmusik würde schmettern, die Trommeln wirbeln und die liebe Fahne in der Luft über seinem Haupt wehen. Er würde alte Offiziere treffen, die noch zu seiner Zeit in den Dienst getreten waren, und mit ihnen würde er die Tage seines Ruhms wieder durchleben und seine alten Heldentaten wieder erzählen und preisen hören. Wollte der Oberst nicht an seinem letzten Tag die Zeiten wieder beleben, wo er vor Lust glühte, sich fürs Vaterland zu opfern? Wollte er nicht noch einmal in diesen Reihen stehen, die er einst zu blutigem Kampf und ruhmvollem Sieg geführt hatte? Gab es eine stattlichere Art für ihn, dem Tod zu begegnen als dort drüben, wo noch Menschen lebten, die von der Zeit seiner Größe und seines Ruhms Zeugnis ablegen konnten?

Einen Augenblick sah es so aus, als wollte der Oberst das Pferd in die Richtung von Trossnäs lenken, aber nur einen Augenblick. Diese seltsame Sehnsucht, die sich seiner bemächtigt hatte, nach einem Weg, der kein Ende hatte, der zu etwas unsäglich Fernem führte, zwang ihn, sich nach einer anderen Seite zu wenden.

Links von dem Weg nach Karlstad stand eine Allee mit schönen Bäumen, die Beerencreutz in kürzester Zeit zu dem größten Herrenhof der Gegend führen konnte, wenn er es nur wollte. Und in diesem Herrenhof regierte noch heute die schöne, die gefährliche, die unwiderstehliche hohe Dame, die Beerencreutz einmal geliebt hatte. Sie war jetzt alt, auch sie, aber sie war doch viele Jahre jünger als er, und überdies konnte eine Frau wie sie nie aufhören, reizend zu sein.

Beerencreutz wusste, dass, wenn er sie nach all den langen Jahren der freiwilligen Trennung an diesem letzten Tag seines Lebens aufsuchte, sie diesen zu einem Tag im Paradies gestalten würde. Wie in seiner Jugend würde er mit ihr durch hohe Säle über spiegelblankes Parkett gehen. Reichtum und Überfluss würde ihn umgeben, wie sie sie umgaben. Er würde einmal wieder aus der Armut und dem Elend seines einsamen Alters herauskommen. Wollte er nicht noch einmal Menschen sehen, mit feinen Sitten, mit weich klingenden Stimmen, mit schönen Gewändern, mit verbindlichen Redewendungen? Wollte er nicht noch einmal unter seinesgleichen leben? Wollte er nicht den einzigen kurzen Liebestraum seines Lebens noch einmal träumen?

Beerencreutz wandte das Pferd nach dieser Seite, aber er zog auch diesmal die Zügel wieder an. Auch dieser Weg führte zu einem bestimmten Ziel. Er konnte sehen, wo er aufhörte. Er führte nicht weit fort zu dem Unbekannten, zu dem, wovon er einen süßen Vorgeschmack auf den Lippen fühlte, obgleich er nicht wusste, was es war, oder wie er es finden sollte.

Da war ein anderer Weg, der ging nach Nordwesten, und wenn Beerencreutz ihn einschlug, dann kam er zu dem Haus, das er geliebt hatte, zu dem größten Eisenwerk im Värmland, zu dem Ekeby der Majorin und der Kavaliere. Da wohnte heute wohl niemand mehr, den er kannte, aber er wusste, dass alle Türen weit aufspringen würden, wenn der berühmte Kavalier käme, einer der letzten aus der Schar, die den Hof zu einem Heim der Freude und des Gesangs gemacht hatten, zu einem Reich des Tanzes und der Abenteuer. Der Kavaliersflügel würde ihn mit einer ganzen Welt von Erinnerungen empfangen. Der stolze Gießbach donnerte noch drohend an einer Schmiede vorbei, die Beerencreutz miterbaut hatte. Wollte der Oberst nicht noch einmal Ekebys Schönheit und die Herrlichkeit der Natur am langen Lövensee anschauen? Wollte er nicht fühlen, wie seine Augen bei der Erinnerung an die Menschen feucht wurden, die sein Leben reich und seine Tage kurz gemacht hatten? Wollte er sie nicht aufs Neue vor die Augen seiner Seele treten sehen, die stolze Majorin, die schöne Marianne, den bösen Sintram, den großen Bezauberer, Gösta Berling?

Noch einmal schüttelte Beerencreutz den Kopf. »Ich hätte einmal hingehen sollen«, dachte er, »aber nicht heute. Jetzt muss ich dahin fahren, wo ich jenen Durst stillen kann, den ich in mir fühle, jenen Durst nach etwas, das unmöglich zu erreichen ist.«

Er wandte die Augen dem letzten Weg zu. Wenn er diesen wählte, so kam er, wenn der Tag sich neigte, zu einem kleinen Häuschen, das Lövdala hieß und Liljecrona, dem großen Geiger gehörte. Es war ein kleines, unscheinbares Gehöft. Das Einzige, was er da genießen konnte, war ein bisschen Musik.

Aber als der Oberst diesen Weg sah, fühlte er, dass er in diese Richtung fahren musste. Diese Sehnsucht, die den ganzen Tag in ihm gelebt hatte, zog ihn dorthin.

Der Oberst wunderte sich beinahe selbst darüber, dass er so wählte, aber er fuhr auf jeden Fall den Weg weiter. Ziemlich spät am Tag kam er nach Lövdala, und wurde dort wohl aufgenommen und bewirtet. Liljecrona freute sich, einen Mann aus jenen denkwürdigen Ekebyer Tagen zu treffen, und wie immer, wenn er sich irgendwie bewegt fühlte, nahm er die Geige hervor und fing an zu spielen.

Aber Liljecrona war jetzt alt, auch er, und er spielte nicht mehr wie einstmals in der Welt. Es klang jetzt, als wäre sein Spiel suchend und zögernd. Man hätte sagen können, dass er zu etwas Neuem hintasten wollte, dass er sich in irgendetwas zur Klarheit spielen wollte, worüber er nachgrübelte und das auszusprechen Worte nicht hinreichten.

Es gab Leute, die sagten, Liljecronas Musik tauge jetzt nicht so viel wie ehedem, und auch der Oberst hatte das Gerücht gehört, dass er zurückgefallen sei. Aber wie er nun da saß und ihm lauschte, fühlte er mit einem Mal auf seinen Lippen einen Vorgeschmack von etwas unbeschreiblich Süßem und Lockendem. Er, der in wenigen Stunden sterben sollte, begriff, dass Liljecrona daran war, einen Weg zu bahnen, der nie zu einem Ziel kommen konnte, einen Weg, den er weiterbauen wollte, immer weiter, bis in die Unendlichkeit.

Und während er lauschte, wie die Musik sich durch Zweifel und Hindernisse hindurchkämpfte, um weiter zu dringen, als Gedanke und Ahnung, wurde ihm so weich ums Herz, dass er anfing, seinem Gastfreund zu erzählen, was für einen Besuch er in dieser Nacht gehabt hatte, und wie er nun sicher wüsste, dass dieser Tag sein letzter sei.

Das rührte Liljecrona.

»Und weil du das wusstest, Bruderherz, darum bist du heute zu mir gekommen?«, fragte er.

»Ich fuhr nicht deinethalben hierher, Bruderherz«, sagte Beerencreutz, und seine Augen starrten mit einem wunderlich leeren Blick vor sich hin. »Es wird wohl so sein, dass ich nach Lövdala gefahren bin, um dein Spiel zu hören, Bruder. Jetzt, wie ich so hier saß und dir zuhörte, dachte ich mir, dass es dies und nichts anderes gewesen sein kann, was ich an einem solchen Tag hören wollte. Siehst du, Bruderherz, es ist etwas Eigenes um die Musik.«

»Ja, gewiss«, sagte Liljecrona, »da hast du recht, Bruder. Es ist etwas Eigenes um die Musik.«

»Ja«, sagte der Oberst, »vielleicht ist es das, dass sie nicht recht auf der Erde daheim ist. Herrgott, Bruder, wenn man es so recht bedenkt, so ist sie doch rein nichts. Man kann sie nicht zu fassen kriegen, und sie kann einem nichts sagen, was man versteht und begreift. Glaubst du nicht, Bruderherz, dass die Musik die Sprache ist, die dort droben gesprochen wird«, fuhr er fort und wies mit der Hand nach oben, »wenn auch nur ein schwacher Widerhall zu uns hinunterdringt?«

»Du meinst, Bruderherz …«, sagte Liljecrona, dem es nicht leicht fiel, die Worte zu finden, wenn es sich um Dinge handelte, die besser gespielt wurden.

»Ich meine, dass sie der Erde und dem Himmel angehört«, sagte Beerencreutz. »Sie ist wohl als ein Weg für uns zu jenem anderen hinüber gedacht. Und nun sollst du weiter an diesem Weg bauen, sodass ich noch ein Weilchen dem zuwandern kann, das kein Ende hat.«

Das tat Liljecrona. Er spielte sein eigenes Suchen und sein eigenes bebendes Wundern, und der alte Oberst saß an dem stillen Sommerabend da und lauschte. Plötzlich sank er zusammen und fiel zu Boden.

Liljecrona eilte zu ihm hin. Er wurde aufgeho-
ben und auf ein Bett gelegt.

»Mir geht es gut«, sagte er, »ich gehe auf dem
Weg zwischen Himmel und Erde. Ich danke dir!
Danke, Bruderherz.«

Mehr sagte er nicht. Und ein paar Stunden darauf war er tot.

Der Stein im See

Es war einmal im siebzehnten Jahrhundert ein armer Geistlicher, der auf der Kanzel der Broer Kirche in Värmland stand und seine Predigt las. Die Bankreihen unter ihm waren voll von Leuten, die ganz stumm und andächtig dasaßen. Die Frühlingssonne schien durch die kleinen Fensterscheiben und verjagte die Winterkälte aus dem ungeheizten Gotteshaus. Der Küster stand Wache, um einen jeden zu wecken, der es sich einfallen lassen sollte, einzuschlummern. Alles ging, wie es sollte, und dem Prediger war froh ums Herz wie dem Sämann, wenn er gute Saat in wohlgepflügte Erde streut.

Der Prediger war groß und grobschlächtig, mit starker Stimme und gewaltigen Fäusten – ein ganzer Kerl. Er war so dunkel, dass, wer ihn sah, ohne zu wissen, wer er war, beinahe vor ihm erschrecken konnte. Das schwarze Haar fiel ihm nach Bauernart bis auf die Schultern und hing ihm tief in die Stirn. Die Augenbrauen zogen sich grob wie Stricke über die strengen Augen, und kaum wurde die

Haut der Wangen ein bisschen lichter, so fing auch schon der buschige schwarze Bart an und verdeckte den ganzen unteren Teil des Gesichts.

Als der Geistliche ungefähr zur Mitte seiner Predigt gekommen war, hörte er vor der Kirche Pferdegetrappel und laute Menschenstimmen. »Da sind welche, die zum Gottesdienst zu spät kommen. Wenn sie doch den Verstand hätten, draußen zu bleiben«, dachte er bei sich selbst, »bis die Predigt aus ist. Wenn sie jetzt hereinkommen, so stören sie doch nur, und sie haben ja auch keine Erbauung davon, eine halbe Predigt zu hören.«

Aber es ging nicht so, wie es sich der Geistliche wünschte. Die Neuankömmlinge kamen vielmehr gleich darauf über den Steinboden des Wappenhauses getrappelt, geradeswegs auf die Kirchentür zu. Sie gingen schwer, und sie sprachen laut. Es sah aus, als wollten sie so viel Lärm machen, als ihnen nur möglich war.

Obgleich er ruhig weitersprach, merkte der Prediger doch, dass dieser und jener unter seinen Zuhörern schon aus seiner Andacht gerissen war und den Kopf zur Tür drehte. Er wünschte inbrünstig, dass die Kommenden sich doch wenigstens auf einer der hintersten Bänke niederlassen und nicht in die Nähe der Kanzel vordringen mochten.

Aber auch diese Hoffnung erfüllte sich nicht. Die Kirchentüren wurden mit Lärm und Getöse aufgerissen, und den großen Gang hinauf kam ein Zug von gut zwanzig Menschen. Nach all dem Lärm, den sie gemacht hatten, hätte man eine Schar betrunkener Kriegsknechte erwarten können, doch nein, es war eine hochgewachsene junge Bauerstochter, die an der Spitze des Zugs ging, und lauter friedliche Bauersleute folgten ihr nach. Sie war blond und schön, trug pelzverbrämte Kleider aus weißem Fries und hatte so viel Silbergeschmeide um Hals und Mitte, dass es wohl seine zwölf, dreizehn Pfund wiegen mochte. Die hinterher kamen, waren alle dunkel gekleidet. Es war Alt und Jung darunter, Mannsbilder und Weibsleute. Der Geistliche sah, dass es Herrschaft und Gesinde eines großen Bauernhofs sein musste, die da zur Kirche gekommen waren.

Es fiel dem Geistlichen schwer, in seiner Predigt fortzufahren, denn jetzt hatte die ganze Gemeinde ihre Gedanken von dem Gottesdienst abgewandt und starrte nur immerzu die Neuankömmlinge an. Und das war auch nicht zu verwundern, denn sie betrugen sich nicht so, wie sie sollten, wenn sie in ein Gotteshaus betraten. Sie verhielten sich wohl jetzt, nachdem sie unter die Kirchenwölbung getreten waren, schweigend, aber gerade wie sie an der Kanzel vorbeigehen sollten, blieb die junge stattliche Bauerntochter stehen und fing an, den Geistlichen anzugaffen, als hätte sie nie seinesgleichen gesehen. Sie machte die anderen auf ihn aufmerksam,

und nun blieben sie allesamt stehen und betrachteten ihn mit erstaunten Gebärden, ganz so als wäre
er ein wunderliches Tier in einer Jahrmarktbude.

Der Prediger war sich wohl bewusst, dass er ein
geringer Mann war. Er war nicht Propst, er war
nicht Pastor, er war nur ein armer Hilfsgeistlicher,
der von Kirchspiel zu Kirchspiel geschickt wurde.
Er war an Demütigungen und Verachtung gewöhnt, aber dieses Angaffen war doch etwas, was
er nicht dulden zu müssen glaubte. Hier stand er
als ein Verkünder von Gottes Wort, und hier durfte ihm niemand Missachtung bezeigen. Die grobe
Faust erhob sich und fiel mit solcher Wucht auf
die Kanzel nieder, dass es in der ganzen Kirche widerhallte.

Er gedachte, sich nicht damit zu begnügen. Er
wollte dem Faustschlag auch noch ein paar strenge Worte an die Friedensstörer folgen lassen. Aber
dazu kam es nicht. Er sah noch einmal in das trotzige Gesicht der Bauerstochter, bevor er zu reden
anfing, und dann wurde nichts aus der Strafpredigt. Er beugte sich über sein Heft und predigte
zu Ende, ohne auch nur einen einzigen Blick mehr
in die Kirche zu werfen.

Als der Geistliche dann in die Sakristei kam,
war kein Mensch drinnen. Er setzte sich auf ein
kleines schmales Bänkchen, stützte den Kopf in
die Hände und starrte vor sich hin. Er sah ganz
verstört aus.

Das Unglück war, dass er dieser Tage mit dem Küster darüber gesprochen hatte, wie kümmerlich er es hatte. Denn er bekam ja für seine Arbeit so gut wie keinen Lohn. Er war der Hilfsgeistliche eines armen Vikars, der selbst kaum genug zum Leben hatte. Er konnte nichts verlangen, wo nichts zu holen war.

Auch war er kein alleinstehender Mann. Er war verheiratet gewesen und hatte für drei kleine Kinder zwischen zwei und fünf Jahren zu sorgen. Er hatte es so schwer, dass er schon an das Konsistorium geschrieben hatte, man möchte ihm doch um Gottes Barmherzigkeit willen eine andere Stelle beschaffen. Hier wohnte er ja in einer kleinen Hütte, die aus einem einzigen Raum bestand, er hatte nicht die Mittel, sich Knecht oder Magd zu halten, und der Hunger war täglicher Gast bei ihm. Niemandem in der ganzen Gemeinde ging es so erbärmlich schlecht wie ihm. Er musste von hier fort.

Da hatte ihm der Küster gesagt, er könne doch etwas tun, das besser sei, als seiner Wege zu gehen. Der Prediger hatte zu wissen verlangt, was dies wäre, und darauf hatte der Küster zurückgefragt, ob er denn etwas dagegen habe, noch einmal zu heiraten.

Hier im Kirchspiel war eine reiche Bauerstochter. Die hatte noch keinem Freier ihr Jawort gegeben, sondern führte ihre große Wirtschaft selbst.

Aber wer konnte wissen, was sie sagen würde, wenn nun der Prediger …

Sie war ja nicht mehr so ganz jung, aber ein stattliches Frauenzimmer. Der Prediger hatte sie wohl noch nicht gesehen, denn sie wohnte in einem entlegenen Winkel des großen Kirchspiels. Sie hatte mehrere Meilen zur Kirche und kam auch höchstens zweimal im Jahr hin. Zu seinen Zeiten war sie noch nicht da gewesen.

Der Küster hatte die Sache so gut darzustellen gewusst, dass der Prediger ihm die Erlaubnis gegeben hatte, nicht gerade zu freien, aber doch sich ein wenig zu erkundigen, ob sie, Gudrun Ivarsdotter, daran denken würde, ihn zu heiraten.

Er hatte ja begriffen, dass sie alt und hässlich sein musste, und vielleicht war sie auch noch obendrein böse, aber danach hatte er nicht gefragt. Er hatte nur daran gedacht, dass, wenn er sie bekäme, er die kleinen Kinder nicht mehr klagen zu hören brauchte, weil sie nicht genug zu essen hatten.

Nun, in der Kirche, gerade als er seine Strafpredigt beginnen wollte, war es ihm klar geworden, dass das die reiche Bauerntochter war, um die er geworben hatte, und die nun gekommen war, um ihm Bescheid zu geben.

Sie war in dieser Weise gekommen, um dem armen Geistlichen zu zeigen, um wie viel besser sie als er war, und darin musste er ihr recht geben.

Wenn er doch nur dem Küster nicht aufs Wort geglaubt hätte! Hätte er nur gewusst, dass sie noch jung und schön war, so wäre er dieser neuen Demütigung entgangen!

Er blieb lange in der Sakristei sitzen, um Gudrun Ivarsdotter und all den anderen Zeit zu lassen, sich wegzubegeben, bis er über den Kirchenhügel ging. Aber sie hatte sich offenbar nicht beeilt, denn als er die Sakristeitür öffnete, war sie noch da. Sie wollte sich eben in den Sattel schwingen und war auf einen Stein gestiegen, der zur Bequemlichkeit der Reitenden gerade vor das Kirchentor gelegt worden war. Ihr Knecht, der das Pferd hielt, konnte es nicht still halten, sodass es ihr ein ums andere Mal misslang, auf den hohen Quersattel hinaufzukommen.

Da trat der Prediger rasch heran. Er fasste Gudrun mit seinen starken Armen, hob sie hoch in die Höhe und setzte sie dann derb in den Sattel.

»Reite nun, so weit der Weg führt«, sagte er. »Und komm mir nie mehr unter die Augen!«

Sie war wahrlich nicht auf den Mund gefallen, aber sie fand kein Wort der Erwiderung, sondern ritt schweigend davon.

Nach diesem Frühlingssonntag begann für den armen Hilfsgeistlichen wie für die ganze Gemeinde eine Zeit, die schlimmer war als alles, was sie je miterlebt hatten.

Der Frühling hatte schon im April so schön begonnen, dass es beinahe sommerlich warm gewesen war. Schnee und Eis verschwanden, der Boden grünte, die Bäume schlugen aus, und die Leute mussten sich sputen, so sehr sie nur konnten, um die Saat in die Erde zu bringen. Es fiel merkwürdig wenig Regen, dafür dass es doch April war, aber umso mehr würde wohl im Mai nachkommen. Regen bekam man immer noch genug, da brauchte einem nicht bange zu sein. Von der Ware gab es eher zu viel als zu wenig.

Aber der Mai wurde trocken und windig, nur hier und da ein kurzer Schauer. Die Leute erwarteten, dass der Regen zu Pfingsten kommen würde, wenn schon nicht früher, aber der Pfingstsonntag brach blank und klar an wie alle anderen Tage, und in der Nacht zum Pfingstmontag wurde es so kalt, dass es fror. Der Frost griff nicht alles an, wie gewöhnlich. Manche Felder wurden ganz zerstört, aber viele hielten sich noch. Und das Gras auf Wiesen und Angern sah ganz gut aus. Es fehlte eben nur der Regen.

Der Johannistag pflegt ja ebenso große Macht zu haben, den Regen anzuziehen, wie Pfingsten, und am Johannisabend stiegen denn auch dunkle Wolken am Himmel auf. Es gab ein heftiges Ge-

witter, und etliche Hagelkörner kamen herabge-
prasselt – das war alles.

Dann stand die Himmelswölbung ganze zwei
Monate lang klar und wolkenlos da. Die Erde
wurde so erhitzt wie ein Backofen. Nacht und Tag
waren gleich schwül und drückend.

Das Gras auf dem Boden wurde braun ge-
brannt und schwand gleichsam dahin. Das Korn
bekam Ähren, als die Halme noch keine Hand-
breit aus der Erde standen. Alles wurde frühzeitig
reif, und die Ernte war leicht zu bergen. Aber dafür fanden sich auch große klaffende Lücken in
Scheunen und Vorratshäusern.

Den ganzen Sommer über wurde die gesamte
Gegend von großen Waldbränden bedroht. Es
war kaum möglich, ein Feld urbar zu machen, ohne dass das Feuer sich in den Wald verbreitete. Es
war gut, dass es auf den Äckern so wenig zu tun
gab, denn man musste beständig in den Wald ei-
len, um dort zu löschen.

Gegen Ende August wurden die Nächte lang
und dunkel, die Sonne büßte ihre Kraft ein. Jetzt
musste es den Wolken doch endlich möglich sein,
sich zu sammeln. Das taten sie auch: Sie ballten
sich so dicht und schwer zusammen, dass der Regen gar nicht die Macht hatte, aus ihnen hervor-
zubrechen.

Um diese Zeit begann das Wasser in Quellen
und Bächen zu versiegen. Die Mühlen standen

still, und jene, die Getreide zu mahlen hatten, mussten ihre alten Handmühlen hervorholen. Im Wald verdorrte alles Futter, die Herden kehrten von selbst auf die Höfe zurück, als flehten sie die Bauersleute um Hilfe an.

Jetzt waren die Menschen nicht mehr im Zweifel darüber, dass ihnen ein Notjahr bevorstand. Sie wanderten alle aus den Häusern in den Wald, um für ihr Vieh Moos, Flechten und Laub einzusammeln. Ihr eigenes Brot mischten sie bald mit Waldbeeren, bald mit feingehacktem Stroh, bald mit getrockneter, zerstoßener Rinde.

Im Oktober musste schließlich doch Regen kommen. Es konnte der Ernte ja nicht mehr helfen, aber es wäre doch ein Gutes, wenn man Wasser für Mensch und Vieh bekäme und die Mühlen in Gang setzen könnte. Aber der Oktober wurde klar und wolkenlos, nahezu wie ein Sommermonat. In diesen Monat fiel der Jahrmarkt – und der pflegte immer schlechtes Wetter anzuziehen wie alle großen Feiertage. Der Markttag brach auch mit scharfem Nordwind und bitterer Kälte an, aber Regen brachte er keinen.

Jetzt waren es nicht nur die zahmen Tiere, die dem Dorf zustrebten, jetzt kamen auch die Waldtiere zu den Menschenwohnungen geschlichen, um zu sehen, ob es nicht dort etwas zu essen und zu trinken gäbe.

Die Menschen konnten sich auch nicht still verhalten. Sie begannen, auf die Wanderschaft zu gehen wie die Tiere. Ganze Familien griffen zum Bettelstab und zogen fort, um zu sehen, ob es anderswo Bauernhöfe gäbe, wo man genug hatte und noch austeilen konnte.

Im November kam endlich ein wenig Niederschlag. Es war Schnee. Hartgefroren fiel er zu Boden, er langte nicht zur Schlittenbahn, er langte zu gar nichts. Es war gerade nur so viel, dass man die ausgedörrte Erde nicht mehr sah.

Im Dezember, als sich das harte Jahr endlich seinem Ende zuneigte und alles schon so schlimm war, dass es nicht mehr schlimmer werden zu können schien, traf den armen Prediger doch erst seine schwerste Prüfung.

Er wurde eines Tages kurz vor Weihnachten mehrere Meilen weit weg in die Waldgegend zu einer armen Fischerswitwe gerufen. Nach einer langen Wanderung kam er zu einer kleinen Hütte, die am Ufer eines länglichen Sees lag. In der ganzen Umgebung sah er nicht ein Wohnhaus, keine Felder, keine Ställe – nur Wald. Die elende Hütte lag ganz einsam und verlassen da, den öden See vor sich, den stummen Wald im Rücken.

Dort drinnen hatte er eine totkranke Frau gefunden und sechs Kinder, die bald elternlos sein mussten. Ihr Vater war im Sommer vorangegangen, und nun sollten sie auch ohne Mutter bleiben.

Das älteste der Kinder war zehn Jahre, das jüngste nicht mehr als drei. Keines von ihnen war schon so weit, dass es sich nützlich machen oder etwas für seinen Unterhalt verdienen konnte. Alle brauchten sie noch Hilfe, und man musste ihnen Kleider und Nahrung geben, ihnen Wartung und Pflege angedeihen lassen, wenn sie nicht zugrunde gehen sollten.

Alle hatten sie um die Mutter herum gestanden, als sie das heilige Abendmahl empfing, und sie hatte von ihnen zum Prediger geblickt und vom Prediger zu ihnen. Sie hatte die Augen nicht geschlossen, immer nur geblickt und geblickt. Aber sie hatte nicht mit Worten um etwas gebeten. Es gibt Wünsche, die zu groß sind, um sie auszusprechen.

Der Geistliche hatte sie gefragt, ob sie denn keine Nachbarn habe. Doch, das hatte sie. Eine Meile weiter den Rottnesee hinauf lag ein großes Gehöft, das einer gewissen Gudrun Ivarsdotter gehörte. Die Fischersfrau hatte sich vor einigen Tagen zu ihr geschleppt und ihr von den Kindern erzählt, aber sie hatte sich ihrer nicht annehmen wollen.

Dies setzte den Prediger keineswegs in Erstaunen. Es war ja nicht zu erwarten, dass solch eine trotzige, selbstzufriedene Jungfer wie Gudrun einer so großen Kinderschar zu Hilfe kommen würde. Es war wohl auch gar nicht wünschenswert.

Die Augen der kranken Frau hatten mit solcher Herzensangst auf dem Prediger geruht, dass er es schließlich nicht mehr in der Hütte aushalten konnte. Er musste ins Freie gehen, um nicht etwas zu versprechen, das er ja doch beim besten Willen nicht halten konnte.

Er ging von der Hütte zum Seeufer hinunter. Das Wasser stand so tief, dass der Seegrund bis weit hinaus sichtbar war. Zu diesem begann er nun zu wandern.

Er ging allein und hilflos durch das Ödland und fühlte sich zu Tode bedrückt von der neuen Bürde, die er sich auferlegen musste. »Wenn es doch ein anderes Jahr gewesen wäre«, dachte er, »wie kann ich es auf mich nehmen, für noch sechs Schnäbel Essen zu beschaffen, wo ich die drei nicht satt machen kann, für die ich schon zu sorgen habe?«

Er hatte geglaubt, dass er im Frühjahr arm gewesen war. Aber was war das gegen die Armut gewesen, die ihn heute bedrückte? Jetzt war ja auch bei anderen Menschen keine Hilfe zu finden.

Plötzlich bemerkte er einen Stein, der dicht am Wasser lag. Es waren Buchstaben eingehauen, und er ging näher heran, um zu lesen. Er konnte ein M und ein paar X unterscheiden und dachte sich, dass da wohl, in den Stein eingeritzt, eine Jahreszahl gestanden hatte. Irgendjemand hatte in längst vergangenen Zeiten bezeichnen wollen, wie tief das Wasser in diesem Jahr zurückgetreten war, wie es die Menschen in Sommern der Dürre zu tun pflegen.

Der Prediger blieb vor dem Stein stehen und versuchte die Jahreszahl zu entziffern. Es wollte ihm nicht glücken, aber es musste wohl etwas darin liegen, das ihm gleichsam Erleichterung und Trost brachte. Das Wasser hatte ebenso tief gestanden wie heute, aber die Menschen waren doch nicht untergegangen. Sie hatten, was ihnen auferlegt war, getragen und weitergelebt.

Rasch ergriff er einen scharfkantigen Kiesel und begann die Zahl des Notjahrs, das er nun selbst durchlebt hatte, in den Stein zu klopfen.

Er setzte die Jahreszahl 1640 in den Stein, so gut er es ohne Stemmeisen und Hammer konnte. Aber als dies getan war, war es ihm nicht genug.

Jeden Tag hatte er in langen Gebeten zu Gott um Hilfe gefleht. Nun wollte er noch ein Gebet zu ihm emporsenden, aus der großen stummen Einsamkeit hier oben in der Wildnis.

Und er begann in den Stein zu graben, was sein Herz in dieser Unglückszeit täglich und stündlich rief: Gott hilf uns.

Es war eine Arbeit, die seine ganze Kraft erforderte. Aber sie tat ihm wohl. Während er das Gebet in den Stein ritzte, dünkte es ihm, dass der weite graue See, und die schwarzen Tannen der Ufer und der niedrige schwere Winterhimmel zu einem großen Gotteshause wurden.

Es tat ihm gut, all die Angst, die er mit sich herumtrug, in den Stein pressen zu können. Er ritzte die Klageschreie all der Hungernden und Dürstenden ein. Er führte das Wort der Haustiere und der Tiere in der Wildnis, der gewaltigen Tannen, die auf den Bergen an Entbehrung litten, und des kleinsten Hälmchens auf dem Anger.

Mit jedem Buchstaben, den er in den Stein einschrieb, wurde er mutiger. Er fühlte, wie ihm Kraft zuströmte. Es bangte ihm nicht mehr, irgendeine Bürde auf sich zu nehmen, wie schwer sie auch immer sein mochte. Gott würde ihm sicherlich beistehen.

Ein paar Tage darauf war Weihnachtsabend.

An diesem Tag herrschte bei dem Hilfsgeistlichen keinerlei Not. Man hatte ihm vom Pfarrhof und auch von anderen Seiten Weihnachtsspeisen geschickt. Nach dem Mittagsessen war er mit all den neun Kindern bei einem der Nachbarn in der Weihnachtsbadestube gewesen, und dann hatte er sich mit ihnen daheim in der Hütte im Weihnachtsstroh getummelt, bis sie so müde waren, dass sie sich auf dem raschelnden gelben Christusbettlein ausgestreckt hatten und eingeschlummert waren.

Der Prediger hätte auch Lust gehabt, sich ins Stroh zu legen und zu schlafen, aber er hatte an anderes zu denken. Es begann, dunkel zu werden, und er musste die Gerstengrütze aufs Feuer setzen.

Von dem Augenblick an, in dem die Grütze kochte, wagte der Prediger den Kochlöffel nicht fortzulegen, sondern rührte und rührte die ganze Zeit. Hoch aufgeschossen wie er war musste er beim Rühren so gebückt stehen, dass ihn der Rücken vor Müdigkeit schmerzte. Aber er ließ sich das nicht anmerken, sondern schien in vortrefflicher Weihnachtsstimmung zu sein.

Seine Lage war in keiner Weise erfreulicher geworden, er war ebenso elend dran wie zuvor, aber er hatte mehr Zuversicht. Es würde ihm schon in der einen oder anderen Weise Hilfe kommen, dessen war er gewiss.

Mit einem Mal runzelte der Prediger die dichten schwarzen Brauen. Er hörte, dass jemand auf die Türklinke drückte und herein wollte. Freilich war es in der ganzen Gemeinde bekannt, dass er seine eigene Haushälterin sein musste, aber es war ihm doch nicht recht, Besuch zu bekommen, wenn er mit Weiberhantierung beschäftigt war.

Er griff nach den Kesselringen, als wollte er die Gerstengrütze vom Feuer wegstellen, aber er überlegte es sich wieder.

Es war wohl nur der Küster, der kam, um nachzusehen, wie es ihm und den Kindern am Weihnachtsabend erging, und vor ihm brauchte er ja keine Scheu zu haben.

Doch als die Tür aufging, sah er, dass es nicht der Küster war, sondern eine hochgewachsene Weibsperson, die da hereinkam. Er meinte auch sogleich zu wissen, wer sie war, obschon es unten bei der Tür so dunkel war, dass er ihr Gesicht nicht sehen konnte. »Ja, das ist mir eine schöne Bescherung«, dachte er. »So etwas hat sie gewiss noch nicht erlebt. Jetzt hat sie etwas, worüber sie von Weihnachten bis zum Johannistag lachen kann!«

Die Fremde zog sachte die Tür hinter sich zu und kam zum Herd heran, die Hand zum Gruß ausgestreckt. Es war Gudrun Ivarsdotter, aber sie sah gar nicht mehr aus wie die störrische Bauerntochter, die in die Kirche geritten kam, um mit ihrem Freier Spott zu treiben. Sie war sehr bleich, und sie sah schwach und elend drein, so, als wäre sie eben erst von einer schweren Krankheit genesen. Wie es in ihrem Innern aussah, konnte der Prediger nicht wissen, aber sie schien nicht einmal zu merken, was für eine Arbeit er da unter den Händen hatte.

Der Geistliche sagte nichts, um sie willkommen zu heißen, er legte nur ganz geschwind den Kochlöffel weg und beeilte sich, ihr einen Schemel zum Sitzen hinzurücken. Es war eine so große Veränderung mit ihr vorgegangen. Es war ihm eine solche Überraschung, sie so still und schwach vor sich zu sehen. Sie rührte ihn, und die Stimme wollte ihm nicht aus der Kehle hervorkommen.

So musste also Gudrun das Gespräch eröffnen. Und sie sprach wie jemand, der weder scheu noch unruhig ist, weil er eben erst einen großen Schrecken durchgemacht hat, der ihm alle andere Furcht genommen hat. Die ganze Zeit sah sie ins Feuer. Sie konnte die Augen nicht davon weg wenden.

Sie wollte den Prediger nach all den armen Fischerskindern fragen, sagte sie. Konnte es möglich sein, dass er sie alle miteinander zu sich genommen hatte?

Der Prediger hatte den Löffel für die Grütze wieder ergriffen. Aber jetzt legte er ihn abermals fort und riss ein brennendes Scheit aus dem Herd und beleuchtete die Hütte, wo die Kinder im Weihnachtsstroh lagen und schliefen.

»Ich mein' schon, dass sie alle miteinander da sind«, sagte er.

»Aber wie ist das nur möglich?«, wunderte sich Gudrun. Ihre Mutter war in der vorigen Woche bei ihr gewesen und hatte gefragt, ob sie sich der Kinder annehmen könne. Und sie hatte geglaubt, Nein darauf sagen zu müssen. Es war doch ein so schlimmes Jahr, dass sie für ihre eigenen Leute nichts zu essen hatte. Aber immerhin konnte sie doch mehr aufbringen als er.

»So viel wie ihre Mutter habe ich vielleicht auch noch«, sagte der Prediger. »Die Kinder da sind das Hungern gewöhnt.«

Sie sprach weiter, als hätte sie seinen Einwand nicht gehört.

»Ich war nicht imstande, sie aus meinen Gedanken zu bringen. Gestern ritt ich zu dem Fischerhaus, um zu sehen, wie es ihnen ging, aber da waren sie schon fort. Ich traf nur ein paar Männer, die die Leiche holen wollten, und die sagten, dass die Kinder hier beim Hilfsgeistlichen sein sollten.«

»Ja, da sind sie gerade an den Rechten gekommen.«

Jetzt, zum ersten Mal, wandte sie sich ihm zu und sah ihm gerade ins Gesicht. »Er verstand wohl nicht, wie sie es meinte«, sagte sie.

Er rührte rascher und rascher in dem Kessel herum:

»Ach, ich richte es wohl mit Gottes Hilfe«, sagte er kurz.

Es war dieselbe Verlegenheit, die schon früher über den Prediger gekommen war. Er hätte über sie weinen mögen. Was war es wohl, das sie so verändert hatte, dass sie jetzt Mitleid fühlte – auch mit ihm? Er wusste nicht, was er sagen sollte, um seine Rührung nicht zu verraten. Gudrun kam ihm nicht zu Hilfe. Sie saß da, das Gesicht in die Hände gestützt und blickte ins Feuer. Sie dachte wohl an das, was sie so verwandelt hatte.

»Das wird ein seltsamer Weihnachtsabend für deine Leute, Gudrun, wenn du fern bist«, sagte er schließlich.

»Ja, es war auch nicht die Absicht, dass es so kommen sollte. Ich machte mich ganz frühmorgens auf, und ich glaubte, ich würde um diese Zeit längst wieder daheim sein.«

»Bist du auf dem Weg aufgehalten worden?«

»Nur dadurch, dass es zu regnen anfing. Aber der Boden war doch gefroren, und da wurde es so glatt, dass das Pferd nicht vorwärts wollte.«

Wieder fühlte er großes Mitleid mit ihr. Er hätte mit dabei sein mögen, um ihr zu helfen, aber das wollte er nicht sagen.

»Das ist ein merkwürdiges Jahr, in dem es am Weihnachtsabend regnet«, sagte er stattdessen, denn er musste ja seine Worte sorgsam wählen, damit die Stimme nicht ins Schwanken kam.

»Ja, das steht fest, ein schweres und wunderliches Jahr«, sagte sie, »nicht einmal solch eine kleine Fahrt konnte ich machen, ohne dass mir dabei etwas in die Quere kam. Ich bin erst bei Einbruch der Dunkelheit ins Dorf gekommen.«

»Hast du das Pferd hier draußen stehen, Gudrun?«, fragte der Geistliche hastig. Er wäre froh gewesen, wenn er Gelegenheit gefunden hätte, etwas für sie zu tun.

»Nein«, sagte sie, »ich habe es beim Propst eingestellt. Ich bin es gewöhnt, dort einzukehren. Ich habe ja zwei Jahre im Pfarrhof gelernt.«

»Ich glaube, das hat mir der Küster erzählt«, sagte der Prediger.

»Ich werde wohl über Nacht dort bleiben müssen«, fügte sie hinzu, und da sie keine Antwort darauf bekam, fuhr sie fort: »Ich habe den Kindern etwas mitgebracht. Ich bringe es morgen, das Gehen war heut Abend so schwer.«

»Es wird jederzeit willkommen sein.«

Das war nüchterne Rede – der Prediger begann seiner Erregung Herr zu werden. Er musste daran denken, wie wunderlich es doch war, dass Gudrun selbst gekommen war. Wenn sie ihm und den Kindern nur Weihnachtsspeisen schicken wollte, wäre es ja genügend gewesen, einen Knecht auszusenden.

Gudrun hatte dagesessen und mit einem Finger Figuren auf die Herdplatte gezeichnet. Jetzt schlug sie plötzlich die Augen zu ihm auf.

»Damals im Frühling, als ich in die Kirche kam und die Predigt störte, hab' ich mich nicht recht benommen«, sagte sie. – Nun fand der Geistliche Gelegenheit, ein Wort zu sagen, das ihm schon lange auf der Zunge gelegen hatte, und er fiel eifrig ein:

»Niemand hatte mir gesagt, wie du bist, Gudrun. Ich wusste nicht, wie falsch ich lag.«

»Ich habe mich auf jeden Fall falsch benommen«, beharrte sie.

Jetzt wurde er abermals gerührt, weil es mit ihrem Stolz so ganz aus war. Er hätte ihr gerne gesagt, wie schön er es fand, dass sie ihr Unrecht eingestand, aber er konnte es nicht herausbringen.

Auch in ihrer Stimme waren Tränen, aber sie dachte nicht daran, sie zu verbergen, sondern fuhr fort, das auszusprechen, was zu sagen über sie gekommen war.

Sie wollte wissen, ob er sich noch entsinne, was er damals gesagt hatte, als er sie aufs Pferd setzte. Er hatte gewünscht, sie möge so weit fort ziehen, dass sie ihm nie mehr unter die Augen kommen konnte. Sie wollte jetzt wissen, ob er etwas Bestimmtes damit gemeint hatte.

»Nein«, sagte der Prediger, »ich sagte nur so, weil ich zornig war.«

»Ja, zuerst glaubte ich auch nicht, dass es etwas anderes zu bedeuten hätte.«

Nun wandte sie die Augen wieder von seinem Gesicht ab und begann auf der Herdplatte zu zeichnen.

»Es ist dieses Jahr so viel Unglück über mich gekommen«, sagte sie. »Ich bin seit diesem Tag wie verfolgt gewesen.«

»Du siehst aus, als wenn du krank gewesen wärst.«

»Nein, Krankheit war es nicht, die mich heimgesucht hat – ich habe mich gegrämt.«

»Ihr habt wohl auch oben in der Waldgegend viel unter der Dürre zu leiden gehabt?«, warf der Prediger ein.

»Es war die Dürre, und es war allerlei anderes Unglück«, erwiderte Gudrun. »Aber der große

Waldbrand war das Ärgste. Mir ist mein ganzer Wald verbrannt, und alles, was im Wald war, ist auch dahin.«

»Du bist doch wohl nicht obdachlos?«, rief er aus.

»Nein, nein, der Hof steht, aber all mein Vieh ist umgekommen. Und das war das Schlimmste.«

»Ah«, sagte er nur, aber nun ließ er endlich den Kochlöffel sinken. Er begriff, dass sie nach all den toten Tieren starrte, wenn sie so ins Feuer sah. Das hatte sie gebrochen.

»Ich habe viele Leute unter mir«, sagte sie. »Es ist hart, nicht zu wissen, was man ihnen zu essen geben soll, wenn es keine Milch und keine Butter gibt.«

»Darum konntest du die Kinder nicht aufnehmen?«

»Ja – nein, nicht nur darum.«

»Ich wundere mich, dass ich nichts davon gehört habe«, sagte der Prediger nachdenklich, »aber es war wohl so, dass ich nicht auf die hören wollte, die von dir gesprochen haben. Ich hatte Angst vor dir.«

Er sah, wie Gudruns Gesicht von einem flüchtigen Lächeln erhellt wurde.

»Ich habe noch mehr Angst vor dir gehabt.«

»Angst?«, sagte er, und war noch verdutzter über dies als über alles andere, was er sie hatte sagen hören. »Du hast Angst vor mir gehabt?«

»Ja, seit diesem Sonntag«, sagte sie und sah wieder ganz erschrocken aus, als sie davon sprach.

»Hast du geglaubt, dass ich dir all das Unglück schickte?«, rief er heftig.

»Ja, ich glaubte, du wolltest mich aus der Gegend verjagen.«

»Aber du hättest doch daran denken müssen, dass ich ein Priester bin.«

»Ja, gerade deshalb. Priester haben ja mehr Macht als wir anderen.«

Der Prediger wusste nicht, ob er lachen oder weinen sollte. Er begann mit eifrigen Einwänden, aber sie unterbrach ihn.

»Daheim im Rottner See ist ein Stein mit Hexenzeichen. Der liegt meistens auf dem Seegrund verborgen, aber in großen Unglückszeiten kommt er zum Vorschein. Meine Leute haben erzählt, du hättest ihn gesehen und noch größere Unglücksrunen eingezeichnet als schon darin standen.«

»Ist dort oben an deinem See niemand, der lesen kann?«, fragte der Prediger.

»Doch, ich kann's«, sagte Gudrun. »Ich habe den Stein gestern gesehen und die Inschrift gelesen.«

Sie stieß einen tiefen Seufzer aus wie bei der Erinnerung an eine schwere Bürde, die von ihr genommen war.

»Nun will ich auch sagen, warum ich mich der armen Fischerkinder nicht annehmen wollte. Ich dachte, all meinen Hausrat zusammenzupacken und zu meinen Verwandten zu ziehen, die drüben auf der anderen Seite des Gebirges in einem anderen Tal wohnen.«

»Aber jetzt willst du bleiben?«

»Ich fürchtete mich nicht mehr so sehr vor dir, als ich sah, was du geschrieben hattest.«

»So hat denn Gott schon geholfen«, sagte der Geistliche.

»Ich dachte, wer dies Gebet eingegraben und sechs arme Kinder zu sich genommen hat, der kann kein harter Mann sein«, sagte Gudrun sanft.

Er stand ein wenig abseits vom Feuer und sah sie an.

»Du hast das mit den Kindern als Vorwand genommen, um herzukommen und mich um Barmherzigkeit zu bitten?«, sagte er ein wenig zögernd, denn es war ja schwer für ihn, es in seinen Kopf zu bringen, dass sie Angst vor ihm gehabt hatte.

»Ja«, sagte sie. Es klang wie ein ängstlicher Seufzer.

»Du willst, dass ich dir verspreche, dich nicht mehr zu verfolgen, dir nicht mehr Unglück zu senden, sodass du es wagen kannst, daheim zu bleiben?«

Sie hielt die Hände vor die Augen und antwortete nichts, bewegte nur den Kopf ein wenig. Es konnte kein Zweifel sein, dass er sie recht verstanden hatte und dass es das war, was sie zu ihm geführt hatte.

»Was soll ich dir nun sagen, damit du mir glaubst und nie mehr Angst vor mir hast?«, sagte er mit einem starken Beben in der Stimme.

»Ich habe dir schon gesagt, dass auch ich Furcht vor dir gehabt habe – ich vor dir, den ganzen Sommer«, fuhr er fort. »Ich wäre froh gewesen, wenn ich gehört hätte, du seist über die Berge in ein anderes Tal gezogen. Denn, wärst du so weit fort gewesen, dann wäre meine Sehnsucht nicht so arg geworden. Es ist schlimmer zu wissen, dass die, der man gut gesinnt ist, ganz nahe ist, ohne trennende Berge.

Jetzt siehst du vielleicht ein, dass du vor mir keine Angst zu haben brauchst?«, fügte er mit einem kleinen Lachen hinzu, das recht wehmütig und mutlos klang.

Er wartete ungeduldig darauf, dass sie etwas sage, aber sie saß ganz still da. Er wusste gar nicht, ob sie hörte und verstand.

»Du warst heute Abend so, dass ich dir dies sagen konnte«, fuhr er fort. »Ich glaube nicht, dass du dich über mich lustig machen wirst.«

Endlich hob sie den Kopf. In ihren Augenwinkeln schimmerten Tränen.

»Ich bin wohl von Sinn und Verstand« sagte sie, »aber denke nur, ich finde, es war schon wert, all das durchzumachen, was ich diesen Sommer erleiden musste, nur um diese Worte von dir zu hören.«

Er wusste nicht, ob er es wagen sollte, zu glauben, dass er recht gehört hatte.

»Ich will, dass du bleibst, wo du jetzt bist«, rief er dann aus. »Dass du nie von mir gehst! Diesen Fluch will ich über dich verhängen.«

Er trat näher an sie heran, und sie wich nicht zurück. Aber als er gerade ihre eine Hand an sich gezogen hatte, hörte man ein starkes Zischen und Prasseln vom Herd. Es war die Gerstengrütze, die überkochte.

Der Prediger wandte sich so rasch er konnte, dem Feuer zu, aber Gudrun kam ihm zuvor. Sie fasste die Kesselringe und hob den Kessel vom Feuer. Aber es war zu spät. Die Grütze brodelte aus dem Kessel und lief über die Herdplatte. Die brennenden Scheite zischten und prasselten, starker Rauch und furchtbarer Dampf erfüllte die Stube. Die Kinder sprangen erschrocken aus dem Stroh auf, und die Kleinsten begannen zu weinen.

Aber mitten drin fing Gudrun zu lachen an. Das Herz schlug ihr rasch und sorglos in der Brust, und sie fühlte, wie sie wieder die Alte wurde.

»Ja, nun siehst du, wie es in diesem Haushalt zugeht«, sagte er.

»Du musst freilich hexen können, du schwarzer Priester, um eine Frau in dein Haus zu kriegen.«

»Ich weiß schon, wer mir meine Frau geschickt hat«, sagte der Prediger. »Die Hexen nicht.«

Plötzlich wurde Gudrun wieder ernst.

»So ist es wohl er, zu dem du gebetet hast, als du deine Bitte in den Stein schriebst, der mich hierher gesandt hat«, sagte sie.

Es heißt, dass der Stein im Rottner See sich in diesem Jahr der Not und des Schreckens, das wir nun durchleben, wieder gezeigt hat. Die Leute in Värmland glauben, dass er Unheil verkündet, und das mag wohl sein. Aber vielleicht soll uns die Kunde, die er von früherer Zeiten Not und früherer Zeiten Glauben bringt, auch Mut einflößen, Zuversicht zu hegen, Mut, Barmherzigkeit zu üben.